新 潮 文 庫

# き よ し こ

重松 清著

新 潮 社 版

7715

きよしこ　目次

きよしこ 15
乗り換え案内 47
どんぐりのココロ 83
北風ぴゅう太 119
ゲルマ 157

交差点 209
東京 253

解説　あさのあつこ
挿画　木内達朗

# きよしこ

ぼくは君の顔を知らない。声を聞いたこともない。君は、二年ほど前にぼくが受け取った手紙の中にいた。うつむいて、しょんぼりとして、ひとりぼっちでたたずんでいた。

手紙は、仕事の付き合いのある出版社気付で我が家に届いた。差出人は君のお母さんだった。

青いインクの万年筆で書いた、あまり上手ではないけれど温《ぬく》もりのある文字で、お母さんは君のことを紹介していた。

うまくしゃべれない子ども——なんだな、君は。

言葉がつっかえてしまう。無理をしてしゃべろうとすると、言葉の頭の音が止まらなくなる。吃音《きつおん》。どもる、というやつだ。

あなたに励まされた。お母さんは手紙に書いていた。ひと月前にぼくが出演したテレビのドキュメンタリー番組を観《み》たらしい。街を歩きながらカメラに向かって話しているのを聞いて、すぐに、このひとも言葉がつっかえてしまうんだ、とわかったのだという。

ほんとうは、ちょっと悔しかった。あの番組でのぼくは、自分で言うのもなんだけど、調子がよかった。ときどきリズムがぎこちなくなる箇所はあったものの、全体的にはなめらかに話せたつもりだった。俺もずいぶんまともにしゃべれるようになったんだな。そう喜んでいた矢先に、君のお母さんから手紙をもらったのだから。

君は小学一年生なんだな。男の子だ。言葉がつっかえるのを、いつも友だちにからかわれている。いつそれがいじめに変わるかと思うと、お母さんは怖くてしかたないらしい。うまくしゃべれないせいで引っ込み思案になっている君を見るたびに、胸が締めつけられるという。

ふるさとに暮らす母親の、まだ若かった頃の顔を思い浮かべながら、手紙を読んだ。団体行動が苦手で保育園の登園前にしょっちゅう泣いてしまう下の娘のことも、ふと思った。そして、子どもの頃に巡り会った何人かのひとや、いくつかの出来事を、ひさしぶりに思いだした。

もしよろしければ――と、君のお母さんは手紙の最後に書いていた。息子に宛《あ》てて返事を書いてやってもらえませんか。吃音なんかに負けるな、と励ましてやってくれれば、息子の心の支えになると思うのです。

手紙には切手を貼《は》った返信用の封筒も入っていた。メモ書きで添えられた宛名は、君の名前になっていた。切手の図柄は、ディック・ブルーナが描いた男の子――きっと、わざわざそれを選んだんだろうな。

何日か迷ったが、けっきょく返事は出さなかった。

＊

お母さんは怒っているだろうか。失望して、落胆して、もうあんな男の書いた本なんか読まない、と決めてしまっただろうか。

君はどうだ？　お母さんは、ぼくに手紙を出したことと、ぼくから返事が来るかもしれないということを、君に話したのだろうか。

もしも返事を楽しみに待っていてくれたのなら、ごめん。空っぽの郵便受けを覗《のぞ》き込んでため息をつく子どもの背中ほど、かなしいものはない。

ぼくは確かに、うまくしゃべれない少年だった。いまでも言葉をしょっちゅう詰まらせながら、おとなの日々を過ごしている。参考になる話はそれなりにできるかもしれない。教訓めいた話だって、一つや二つはあるだろう。

でも、ぼくはぼくで、君は君だ。君を励ましたり支えたりするものは、君自身の中にしかない。

お母さんの手紙にあった「吃音なんか」の「なんか」が、ぼくには少しかなしかった。君も——会ってもいないくせに決めつけるのはよくないけれど、たぶん同じことを感じるだろう、とぼくは思う。中学生や高校生になれば、そのかなしみが怒りに変わる。おとなになれば、再びかなしみに戻る。そこから先のことは、ぼくもまだ知らない。

＊

君に宛てる手紙のかわりに、短いお話を何編か書いた。

小説雑誌の編集者にページを割いてもらうとき、「個人的なお話を書かせてほしい」とぼくは言った。編集者が「私小説っていうことなのかな」とうなずきかけたのを制して、「個人的なお話です」と念を押した。

お話は——少なくともぼくの書くお話は、現実を生きるひとの励ましや支えにはならないだろう、と思っている。ましてや、慰めや癒《いや》しになど。ぼくはそこまで現実をなめてはいないし、お話にそんな重荷を背負わせるつもりもない。

お話にできるのは「ただ、そばにいる」ということだけだ、とぼくは思う。だからいつも、まだ会ったことのない誰かのそばに置いてもらえることを願って、お話を書いている。

この本に収められたお話を、君は自分のそばに置いてくれるだろうか。世界中の誰よりも君にそうしてほしくて、ぼくはパソコンのキーボードを叩《たた》きつづけた。

「個人的なお話」というのは、そういう意味だ。

＊

君と同じ小学一年生の頃、ぼくは友だちが訪ねてくるのを待っていた。他のひとには姿を見ることのできない、ぼくだけの友だちだ。名前を、「きよしこ」という。

君は自分の名前をつっかえずに言えるかい？

ぼくは、子どもの頃も、おとなになったいまも、それがいちばん苦手だ。「きよし」の「キ」がうまく言えない。だから自己紹介が嫌いで、新しい友だちと知り合うのがおっかなかった。そんなぼくが父親の仕事の都合で転校つづきの少年時代を過ごすなんて、神さまはずいぶん意地悪な筋書きを考えたものだ。

自分の名前をうまく言えないから、ぼくは自分とそっくりの名前の友だちが遊びに来るのを待ちつづけていた。

君にも覚えがあるだろう？　心の中で想像したり、ひとりごとをつぶやいたりするときには、言葉はぜんぜんつっかえない。ぼくがお話を書くようになって、それを仕事にする毎日をけっこう楽しんで過ごしているのは、そんな理由があるからなのかもしれない。

お話を始める。

ぼくとよく似た少年を、主人公にした。

少年は、きっと、君にも似ているはずだ。

# きよしこ

──星の光る夜、きよしこは我が家にやってくる。すくい飲みをする子は、「みはは」という笑い声で胸をいっぱいにして、もう眠ってしまった。糸が安いから──

おかしな言葉をおかしなぐあいにつないだ、おかしな文章だ。

ノストラダムスの予言詩？

残念ながら不正解。

これは、昔むかし、ある町に住んでいた少年が勘違いして覚えた『きよしこの夜』の歌詞だ。

「きよし、この夜」を「きよしこ、の夜」と間違えていた。「救いの御子《みこ》」が「すくい飲み子」になり、「御母《みはは》の胸に」は『みはは』の胸に」になった。「眠り給《たも》う」は「眠りた、もう」、「いと易《やす》く」は「糸、安く」……。

ひどい勘違いだった。少しさびしい勘違いでもある。歌詞には書いていない「我が家にやってくる」という箇所を、想像で勝手にくっつけたところが、さびしい。

星の光る夜、きよしこが訪ねてくる。少年はそう思っていた。真夜中、きよしこが子ども部屋の窓をトントンと叩《たた》いて、「やあ」と笑って、二人でいっしょに遊べるんだと夢見ていた。

『ピーターパン』のお話とごっちゃにしていたのだろう。それとも、『ムーミン』に出てくる妖精《ようせい》かなにかを重ね合わせていたのだろうか。サン＝テグジュペリの『星の王子さま』を読んで、砂漠に不時着したパイロットがあの頃の自分みたいだと思ったのは、ずっとあとになってからのことだ。

少年は小学一年生だった。そびえたつ大きなガスタンクの足元に貼《は》りついて、夕方になればガスタンクの影にすっぽり覆《おお》われてしまう町の一角で迎える、初めての冬だった。

きよしこ――そんな名前の奴《やっ》、いるわけない。ちゃんとわかっていた。真夜中に社宅の四階の窓をノックする友だちなんて、どこにもいない。いたとしたら、それは夢の中の出来事だ。

なのに、きよしこのことばかり考えていた。窓を開けて夜空を見上げ、星が瞬《またた》いていたら、今夜こそきよしこが来てくれるんじゃないかと胸をはずませて布団《ふとん》に入り、朝になるとしょんぼりして歯を磨く、その繰り返しだった。

少年はひとりぼっちだった。思ったことをなんでも話せる友だちが欲しかった。そんな友だちは夢の中の世界にしかいないことを知っていたから、きよしこに会いたかった。


この町に引っ越してきたのは十月だった。父親の転勤で、二学期の途中にやってきた。

いままで住んでいた町には田んぼがたくさんあったのに、ここには工場しかない。川のかわりにトラックの行き交う国道があり、山のかわりにガスタンクがあって、幼稚園の頃からの仲良しだったモリくんやナカネくんのかわりに、ランドセルを狙《ねら》って跳び蹴《げ》りをしてくるタナカや上履きを隠すマツザキがいる。

タナカもマツザキも本気ではない。怒らせたいのだ。少年が怒るのを待っている。興奮して顔を真っ赤にした少年が、体をこわばらせ、口をひくつかせるのを見たいから、にやにやと笑いながら、いたずらを仕掛けるタイミングをうかがっている。

怒ったら負けだ。興奮したら、あいつらの思うつぼだ。

少年はうまくしゃべれない。言葉の最初の音がつっかえてしまう。「カ」行や「タ」

行と濁音はいつも、緊張や興奮で息を吸い込みそこねたときには、ほかの音で始まる言葉もすべて。

つっかえたのを無理に吐き出そうとすると、けつまずいて前につんのめってしまうみたいに、最初の音が勝手に繰り返される。

こここここここんにちは。

さささささささようなら。

やややややややめろよ。

ぶぶぶぶぶぶぶん殴るぞ。

転校した日に、自己紹介でしくじった。苗字《みょうじ》と名前の間に息継ぎをしたのがいけなかった。「きよし」の「キ」をすんなりと言えなかった。みんなに笑われた。真っ先に笑い声をあげたのはタナカで、いちばん大きな声で笑っていたのはマツザキだった。

それ以来、少年はめったに自分から口を開かなかった。黙り込んでいても、友だちの輪の端っこにいて、みんなのおしゃべりに笑って相槌《あいづち》を打っていれば、意外とうまくやっていけるものだ。

でも、おもしろいことを思いついても言えない。ちょっと違うんだけどなあと思っても言えない。授業中、ほかの子がとけない難しい問題の答えがわかっても、手を挙げられない。国語の本読みの順番が近づいてくると、「カ」行や「タ」行で始まる言葉を探して、その前で息継ぎをしちゃだめだぞ、と自分に言い聞かせる。マツザキやタナカがどんなにしつこくちょっかいを出してきても、怒らない、絶対に。

わかっている。いつまでも口を閉ざしてはいられない。自分の思っていることをしゃべれないのは、言葉がつっかえて笑われるよりも、ずっとくやしくて、さびしいことだ。笑われたって気にするな。笑うほうがバカなんだ。こっちが気にしていると、よけいあいつらはおもしろがって意地悪を仕掛けてくるだけだ。わかっている。ほんとうに、ちゃんと、しっかり、わかっている。

十二月になって間もない頃、学校から帰ると、郵便受けに町内の子ども会の回覧板が入っていた。十二月二十四日の夕方から、公民館でクリスマス会を開くのだという。参加申し込み用紙と、クリスマス会で合唱する歌の歌詞が、バインダーに挟んであった。

『赤鼻のトナカイ』『ジングルベル』『もろびとこぞりて』……そして、『きよしこの夜』。

「きよし」の文字に、胸がどきんとした。ああ、違う違う、これは「きよしこ」なんだ。そう気づいて、ほっとした。

それにしても「きよしこ」ってなんだろう。勘違いはそこから始まって、ひらがなだけで書かれた歌詞を読むにつれて、どんどん歌の内容の意味がずれていった。でも、「きよしこ」の正体は、最後までわからなかった。

母親に回覧板を見せると、「行ってみれば？　クラスの友だちもいるんでしょ」と言われた。少年は黙ってうなずいた。確かに、子ども会には同級生が二人――マッザキとタナカの二人が、いる。

「早く学校に慣れて友だちつくらないと」

母親は参加申し込み用紙の〈出席〉に○をつけながら言った。住所と名前を書き込むときには、「また、すぐに転校になっちゃうかもしれないわよ」とも言った。「今度転勤するときは営業所じゃなくて支店に行くみたいだから、おとうさん」

前の町では平社員だった父親は、この町に来るときに係長に昇進した。同期入社の中でいちばん早いんだ、と転勤が決まった日に得意そうに笑っていた。

少年は「ふうん」とだけ返事をして、『きよしこの夜』の歌詞をぼんやり見つめた。

「きよしこ」って、どういう意味なの――？

訊《き》けなかった。「キ」で始まる言葉だったから。

母親は回覧板を閉じて、ふと思いだしたように少年を振り向いた。

「クリスマスプレゼント、飛行船でいいの？」

モーターで動く飛行船の模型のことだ。ピアノ線で吊《つる》して、スイッチを入れれば、本物の飛行船のようにゆっくりと中空を進み、途中でライトを点滅させながら停まったり、上下に往復したりする。

少年はなにも答えなかった。

ちゃぶ台の上に、オモチャ屋の折り込み広告が広げて置いてあった。飛行船の模型に赤いペンで印が付いていた。

飛行船を欲しいか欲しくないかと訊かれたら、もちろん「欲しい」。でも、いちばん欲しいオモチャはほんとうに飛行船なのかと訊かれたら、首を横に振る。飛行船の隣に写真の出ている魚雷戦ゲーム――ずっと、この町に引っ越してくる前からずっと、欲しかった。

母親は、広告を見つめたままの少年の顔を覗《のぞ》き込んだ。

「飛行船って、動いてるのを見るだけでしょ。すぐに飽きちゃうんじゃないの？　だいじょうぶ？」

少年はなにも答えなかった。

魚雷戦の「ギョ」が言えない。飛行船じゃなくてこっちがいい、の「こっち」も言えない。黙って指差すのは、くやしくて、かなしい。

「おとうさんが仕事の暇なときにデパートで買ってくるって言ってるけど、ほんとに飛行船でいいのね？」

少年はなにも答えなかった。


いつから言葉がつっかえるようになったのか、少年ははっきりとは覚えていない。ものごころついてから、ずっと、だった。

小学校に入学する前に病院に連れていかれた。母親は「学校に入る子はみんな健康診断を受けるんだから」と言っていたが、それが嘘《うそ》だというのは、病院の帰りに母親が「よくがんばったね、よくがんばったね」とたくさん褒めてくれて、特別にタクシーにも乗せてくれたので、なんとなくわかった。

一日がかりでいろいろな検査を受けた。口を大きく開けたり閉じたり、小さな懐中電灯で喉《のど》の奥を覗き込まれたり、深呼吸を途中で止めたときの顎《あご》の角度を測られたり、レントゲン写真を撮られたり脳波を測定されたり……。その後は病院に通ったり薬を渡されたりということはなかったから、結局、原因は見つからなかったのだろう。

病院の先生は、検査の合間――レントゲン撮影の準備が整うまでの待ち時間に、どうでもいいんだけどね、という調子で少年に訊いた。言葉がつっかえるようになった記憶、記憶ってわかるかな、思い出っていうか、そのいちばん古い記憶って、いつごろなんだろうね。

　少年は、しばらく考えた。

　それが言葉の詰まった初めての記憶かどうかは、わからない。ただ、覚えているなかでいちばん古い記憶は、三歳になる少し前のことだった。

　がらんとした部屋にいた。ひとりぼっちだった。ゆうべまで一緒にいて、布団を並べて寝ていたはずの両親がいなかった。田舎の家だ。父親の実家だった。少年は一部屋ずつ襖《ふすま》やドアを開けていった。おはよう！　おはよう！　おはよう！　おはよう！　びっくりさせてやろうと思って、部屋に駆け込むたびに大きな声を出して、どの部屋もがらんとしていて……最後の部屋の襖を開けると、おばあちゃんが「もう起きたんか？」と驚いた顔で言った。新聞を読んでいたおじいちゃんは、「今日は魚釣りに連れていってやるけん」と笑った。でも、両親は、この部屋にもいなかった。どこにもいなかった。おばあちゃんが「コタツに入りんさい」と言ったから、季節は冬だ。おじいちゃんはミカンを出してくれて、おばあちゃんは朝ごはんの支度をしてくれた。

　少年は黙っていた。「ありがとう」も「いただきます」も「ごちそうさま」も、それから「おとうさんとおかあさんはどこにいるの？」も言えなかった。上顎にひっかかった「おはよう！」が、すべての言葉をせき止めていた。

どうした？　先生が言った。なにか思いだしたかな？

少年は、ぶるぶるっと首を横に振った。何度も何度も、強くかぶりを振った。

先生はそのときはなにも言わなかったが、ずっとあとになって、少年は知る。先生は母親を診察室に呼んで、精神的なことが原因かもしれない、と言ったらしい。たとえば言葉を覚える時期になにか大きなショックを受けたとか、そういうことはありませんか――。

母親は膝《ひざ》の上でハンカチをぎゅっと握りしめて、泣きだしそうになるのをこらえていた、らしい。

十二月の半ばを過ぎると、商店街に流れる音楽はクリスマスソング一色になった。しょっちゅうかかるのは、はずんだリズムの『赤鼻のトナカイ』や『ジングルベル』だったが、ときどき『きよしこの夜』も流れた。

そのたびに少年は足を止めて、じっと聴き入る。きれいな曲だといつも思う。メロディーの区切り方からすると、「きよしこの、夜」ではなく「きよし、この夜」かもしれない。それでも、「きよしこ」は、「きよしこ」だ。そのほうがいい。

きよしこに会いたい。自分とよく似た名前の、夢の中の世界に住んでいる友だちに会いたい。

しゃべりたいことが、たくさんある。教えてあげたいなぞなぞもある。国語の教科書だって、声を出さずにすむのなら、クラスの誰よりもじょうずに読む自信がある。聞いてほしい。ぼくの名前は「きよし」です、と自己紹介したい。これからよろしくお願いします、友だちになってください。「コ」も「ト」も、夢の中でなら、きっとなめらかに口から出てくるはずだ。

『きよしこの夜』が終わると、少年はまた歩きだす。ランドセルを背負い直して、ガスタンクを見上げる。つるつるの銀色をしたガスタンクは、夕方になると陽の光をはじいて、まぶしく、燃えるようなオレンジ色に染まる。

空飛ぶ円盤にはいろいろな形がある、とマンガで読んだ。葉巻のような細長いのもあれば、灰皿の形をしたのもある。真ん丸なボールみたいな円盤も。ガスタンクが、じつは秘密の空飛ぶ円盤だったらいいのに。きよしこと二人で円盤に乗りたい。円盤の中には、ランドセルについたタナカの靴の跡を消す薬があるかもしれない。円盤が飛び立ったら、空の上から町を眺めてみたい。マツザキが空き地の草むらに放り投げた消しゴムも、空の上からなら見つけられるかもしれない。遠くに行きたい。うんと遠くに行って、うまくしゃべれるようになるまで誰にも会いたくない。いつか家に帰って、玄関のドアを開けるのと同時に「ただいま！」と言えたら、すごくうれしい。

でも、きよしこはなかなか姿を現さなかった。

十二月の夜空は、キン、と音がしそうなほど澄みわたっていて、数えきれないほどの星が光っているのに、少年の眠る部屋の窓はときおり木枯らしに吹かれてカタカタと鳴るだけだった。

クリスマスイブは、学校の終業式の日にもあたっていた。

通知表を渡された。三段階に分かれた『学習の記録』は前の学校にいたときと同じようにぜんぶ〈よくできています〉だったが、同じ三段階に分かれた『生活の記録』には、〈がんばりましょう〉の項目が一つだけあった。〈自分の意見をはっきりと言える〉――前の学校では〈ふつうです〉だったのに。

昨日は保護者面談だった。母親は担任の先生から聞いた話を少年には教えてくれなかったが、夜遅く、少年は両親の話し声を聞いた。

両親は居間にいた。話の途中から、母親のすすり泣く声が交じった。会社の忘年会で帰りの遅かった父親は、母親の話に不機嫌そうに相槌を打って、ときどき短い言葉をふるさとの方言で口にした。

父親は酔って家に帰ると方言をつかう。少年にも、田舎の言葉でしゃべってみたらどうだ、と言ったことがある。そのほうがリラックスして言葉がつっかえずにすむんじゃないか。よくわからない。田舎の言葉をつかうとマツザキたちによけいからかわれるような気もするし、父親にとっては懐《なつ》かしいふるさとでも、少年にとっては夏休みや正月に帰るだけの、遠い町だ。そげなことはなかろうが、と父親は言う。二つか三つの頃、おまえは田舎でおばあちゃんに育てられたんど、覚えとるか？　母親は、やめて、と言う。その話になると決まって話をさえぎってしまう。ふだんは怒りっぽい父親も、母親を叱《しか》らない。自分の言葉を悔やむように、そうじゃの、そうじゃったの、とうなずいて、いつも話はそれきりになってしまう。

ゆうべの両親の話は、父親がため息交じりに言ったこんな言葉で終わった。

「まあ、どっちにしても、ちゃんとしゃべれんようじゃと、一生だめになってしまうけん……」

母親は声を押し殺して泣いていた。少年は頭から布団《ふとん》をかぶって、無理やり目をつぶった。きよしこは、その夜も来てくれなかった。風の強い夜だった。ガスタンクに風が当たって、ヒュウヒュウ、と口笛を吹くような音がずっと聞こえていた。

終業式が終わり、重い気分で家に帰って通知表を見せると、母親は「平気平気」と笑った。「転校してきたばかりなんだから、あの先生、きよしのいいところがまだわかってないのよ」

少しホッとした。でも、ゆうべの父親の言葉が耳の奥から消えたわけではなかった。ちゃんと――って、なんだろう。

だめになってしまう――って、なんだろう。

心の中でなら、いくらでもなめらかに話せるのに。一日中話しても尽きないほど、しゃべりたいことはたくさんあるのに。

夕方、子ども会のクリスマス会に出かけた。公民館の畳敷きの広間に集まった三十人ほどの中に、マツザキやタナカもいた。二人は少年に気づくと顔を見合わせ、耳打ちし合って、にやにや笑った。少年は二人から離れた場所に座って、体育座りした膝を両手できつく抱きかかえた。

クリスマス会といっても大がかりなものではない。役員のおばさんがお菓子の入った袋をみんなに配って、五年生と六年生がステージで『マッチ売りの少女』の劇をして、サンタの扮装《ふんそう》をした役員のおじさんの司会でジェスチャーゲームをしたあとは、最後にみんなでクリスマスソングを合唱した。

　少年も歌った。大きな声を出して歌える。メロディーのついている言葉は、つっかえない。『きよしこの夜』も歌った。伴奏の古いオルガンは、ときどき空気が抜けるフガフガした音を出したし、オルガンを弾くおばさんはしょっちゅう間違えたし、指揮をするサンタのおじさんの手の動きはでたらめだった。でも、少年は一所懸命歌った。きよしこに会いたいなあ、会いたいなあ、と願いながら歌った。

　プログラムによるとクリスマス会は合唱でおしまいのはずだったが、歌が終わると、役員のおばさんがステージにのぼって「ちょっと皆さん、聞いてください」と言った。

「新しく子ども会に入ったお友だちを紹介します」

　マツザキが「ひょうひょうっ」とおどけた声をあげた。タナカは伸び上がって広間を見渡し、あそこあそこ、と少年を指差した。

　息が詰まりそうになった。そんな話、聞いていない。顔がカッと熱くなる。舌が縮んで、唾《つば》を呑《の》み込もうとしても、口の中はからからに渇いていた。

「はい、立ってちょうだい」

　しかたなく、その場に立ち上がった。おばさんは少年の名前をみんなに教えて、「これからよろしくお願いしまーす」と言った。少年が小さくおじぎをすると、みんな拍手をしてくれた。照れくささにくすぐったさが交じって、少年は少しだけ笑った。

マツザキがおばさんに声をかけた。

「おかあさん、自己紹介させないと」——おばさんがマツザキの母親だと、初めて知った。おばさんがなぜ少年を突然みんなに紹介したのか、も。

「じゃあ、みんなに自己紹介してください」とおばさんは言った。いったんやんでいた拍手が、また少年を包み込む。

「名前、言えよ」てのひらをメガホンにして、タナカが言う。「下の名前も、忘れるなよ」

少年はうつむいた。深呼吸、深呼吸、深呼吸……息を吸い込んでも、胸まで届かない。喉が急にすぼまった。舌がこわばって、ぜんぜん動かなくなった。

「どうしたの？」とおばさんが訊《き》く。「早くしろよ」とマツザキが笑いながら言う。広間はざわつきはじめた。そのほうがいいのに、おばさんは「はい、静かに、静かにーっ」とみんなを黙らせてしまう。少年はうつむいた顔を上げられない。息ができない。名前はやめよう、「よろしくお願いします」の一言だけにしよう。「ヨ」は言えるはずだった。「お願い」の「オ」もだいじょうぶ、「します」の「シ」も得意なのに、声が出ない。どうしても、出ない。息ができない。胸が苦しい。

助けて、きよしこ――。

でも、きよしこは姿を現さない。きよしこは、どこにもいない。

少年は駆けだした。座っていたひとたちにぶつかって転びそうになりながら、走って広間を出て、靴をつっかけて、公民館から出ていった。社宅まで走った。一度も後ろを振り向かなかった。お菓子の袋を忘れたことも忘れて、ガスタンクの足元を駆け抜けた。曇り空だった。月も星も見えない。ガスタンクは町の灯りをぼうっと映し込んでいるだけだった。

父親は一足先に会社から帰ってきていた。ちゃぶ台にはいつもよりごちそうが並んで、三つ下の妹のなつみは、クリスマスプレゼントのリカちゃん人形を大事そうに抱っこしていた。小さなクリスマスツリーに巻きつけた豆電球が点滅する。綿でつくった雪が、それに合わせて赤や緑にほんのりと染まる。

「きよし、プレゼントじゃ」

ビールを飲んでいた父親は上機嫌な顔で、青いリボンのかかった包みを差し出した。デパートの包装紙の下に、パッケージの絵や文字が透けて見える。

魚雷戦ゲーム――ではなかった。

少年は包みを両手で受け取って、胸に抱いた。うつむいたまま、パッケージに描かれた飛行船の絵を見つめた。

ずっと欲しかったんだ、と心の中でつぶやいた。

ぼくは、飛行船が、ずっと、ずっと、欲しくてたまらなかったんだ。

「ありがとう、は？」と母親がうながした。

その瞬間、また息が詰まった。喉《のど》がきゅっとすぼんで、舌がこわばった。顎《あご》の付け根がひきつったように痛くなった。

両親の笑顔が曇ったのを、見た。

少年は包みを両手でタンスの角に叩《たた》きつけた。なにかが割れる音がした。母親が悲鳴をあげて、妹をかばって抱き寄せた。もう一度、叩きつけた。中腰になった父親が、手を伸ばして止めようとした。少年はその手をかわして、包みをタンスの角に叩きつけた。力任せに、何度も、何度も、泣きながら何度も……。

せっかくのクリスマスイブは台無しになってしまった。なつみが楽しみにしていたクリスマスケーキは、ロウソクを立てることなく、冷蔵庫にしまわれた。クリスマスツリーも少年が暴れたはずみで倒れて、金色の玉が割れた。

父親に叱られた少年は、「ごめんなさい」の「ゴ」が言えずに、また泣いた。母親も泣いていた。父親は、少年が謝らなかったことは叱らなかった。

「今夜はお風呂《ふろ》はいいから、もう寝なさい」と母親に言われて、泣きじゃくりながら布団にもぐりこみ、背中を丸めて、ごめんなさい、ごめんなさい、ごめんなさい、と心の中で繰り返しているうちに、寝入ってしまった。

夜中に、目を覚ました。家の中はもう寝静まっていたが、部屋はぼんやりと明るかった。窓のカーテンが開いていたせいだ。星空が見えた。ガラスを隔てているのに、そして、起きているときには曇り空だったのに、星の瞬《またた》きは光のしずくがこぼれ落ちてきそうなほどくっきりしていた。

少年は起き上がる。予感があった。気配を感じていた。

きよしこが、いる——。

遊びに来てくれた。

ずっと待っていた友だちに、ようやく会えた。

「こんばんは」

少年は窓に向かって言った。ほら——「コ」が、うまく言えた。

隣の布団では、なつみが寝ている。目を覚ましそうな様子はない。

少年はつづけて言った。

「きよしっていうんだ、ぼく」

きよしこは、「知ってるよ」と笑いながら言った。おとなとも子どもとも、男とも女ともつかない、でも、優しい声だった。

どこから聞こえるのだろう。目には見えない。でも、きよしこはいる。気配が確かにある。あそこに、ここに、あっちにも、そっちにも……この部屋のどこにでも。

「君は、だめになんかなってないよ」

きよしこは言った。

「君は、ちゃんとしゃべってる。ただ、それがあまりじょうずじゃないだけなんだ」

とつづけて、「だめになんか、なってない」と念を押した。

どこにいるの——？

きよしこの居場所を知りたかったが、まあいいや、と思った。きよしこは、いる。それだけでいい。

「君の話を聞かせて」

きよしこの声は笑っていた。「いいの？」と少年が訊くと、「もちろん」と笑みはさらに深くなる。

少年は、息を大きく吸い込んで、話しはじめた。

学校のこと、友だちのこと、家族のこと、テレビのこと、マンガのこと、話したいことは次から次へと湧《わ》いてきた。とっておきのダジャレも教えた。きよしこは声をあげて笑ってくれた。自分がおもしろいと思っていることを相手もおもしろがってくれるというのは、なんて素敵なことだろう。少年はうれしくてしかたなかった。まだあるんだよ、もっとあるんだよ、と話しつづけた。

言葉は、目に見えない糸に導かれているみたいに、なめらかに、よどみなく流れ出た。歌うようにしゃべった。はずんだメロディーとリズムの歌になった。

きよしこは、ずっと聞き役をつとめてくれた。「うん、うん」とテンポよく相槌《あいづち》を打ち、「それで？　どうなったの？」とブランコを後押しするように先をうながした。

思っていたとおりだ。きよしこが相手なら、心の中に浮かんだ言葉をそのまま話せる。楽しい。うれしい。だから――。

「ねえ」

少年は言った。不安そうな声になった。明るく言うつもりだったのに、心の中のおしゃべりは、思っていることを声の調子でごまかせない。あんがい不便なものなのだ。

「ずっといてくれるんでしょ？　まだ帰らないんでしょ？」

きよしこは質問に答える代わりに、逆に少年に訊いてきた。

「かなしかった思い出を、三つ教えて。三位から順番に」

「……どうして?」

「心の中でおしゃべりをするときは、楽しいことばかり話すのはルール違反なんだ。野球だってそうだろう? 打ったあとは守らなくちゃ」

最初は嫌だった。でも、楽しいことをたくさん話しているうちに、気がつくと、心の中はずいぶん広くなっていた。押し入れの手前のものをどかすと奥にしまい込んでいたものが取り出しやすくなる。それと同じ。心の奥深くにあったかなしいお話は、思いのほかかんたんに、するりと外に出てきた。

「デパートで迷子になったことがあるんだ」

少年は言った。幼稚園の年長組だった頃の話だ。

母親となつみと三人でデパートに出かけたとき、ふと目を離した隙《すき》に母親の背中を見失った。デパートは込み合っていた。おとなの脚が、何本も何本も何本も……森のように見えた。怖かった。おとなの話し声が雨のように降り注いだ。女のひとの声はみんな母親の声のように聞こえても、顔を上げると、そこにはぜんぜん知らないおばさんしかいない。フロアをあてもなく歩きまわって、途中から駆けだして、館内放送で自分の名前を聞いたときには半べそをかいていた。

近くにいた店員に、ぼくです、さっきの放送で名前を呼ばれていたのはぼくです、と名乗り出ようとした。でも、「ぼく」の「ボ」がつっかえて、言えなかった。

しかたなく大声で泣きわめいた。泣き声を聞いた母親が駆けつけてくるまで、涙も出ていないのに泣きつづけた。

「二番目にかなしかったのは？」と、きよしこが訊いた。

「今日」

少年はすぐに答え、「今日、すごくかなしかったんだ」とつづけた。「嫌なことが、いっぱい、いっぱい、あったんだ」

きよしこは「わかるよ、今日あったことは」と言った。

「見てたの？」

「見てないけど、わかる」

「……じゃあ、言わなくてもいい？」

「言いたくないんだったら、まあ、いいや」きよしこは笑う。「でも、今日あったことは、かなしい話じゃなくて、くやしい話だと思うけど」

かなしい話とくやしい話は、どこがどう違うのか、少年にはよくわからない。でも、きよしこは「おとなになったらわかるよ」と言って、話を先に進めた。「じゃあ、いままで、いっとうかなしかった思い出を教えて」

少年は、あの日――三歳になる前の、あの日の話をした。

おじいちゃんのくれたミカンを食べて、おばあちゃんのつくった朝ごはんを食べたところまで話して、「あとになってから、おかあさんが教えてくれたんだ」と言った。

両親が少年を父親の実家に置き去りにしたのは、母親のおなかの中になつみがいたからだった。母親が妊娠中に体調をくずし、家の仕事ができなくなったので、少年は父親の実家に預けられることになったのだ。きよしがかなしがると困るから、と両親は事情をなにも話さずに、少年を実家に残して帰っていった。

「おかあさんは、いまでも、ごめんね、って言ってる。ほんとうは預けたくなかったって、いつも言ってるんだ」

きよしこは黙っていた。

少年は話をつづけた。

「しばらくたって、おとうさんが迎えに来てくれて、二人で汽車に乗って帰ったんだけど、ぼくはおとうさんと一言も口をきかなかった。いろんなことを言いたかったのに、照れくさくて、うれしくて、かなしくて、どうしてもしゃべれなくて、ずうっと汽車の窓から外を見てた……」

　駅のホームには、生まれたばかりのなつみを抱いた母親が迎えに来てくれていた。母親は涙ぐみながら笑って、「お帰り」と言ってくれた。「ただいま」と言いたかった。でも、言えなかった。言葉がつっかえて、つっかえて、つっかえて……なにも言えなかった。

「いまでも覚えてる。言いたいのに言えないって、すごく苦しくて、もう、泣きたいくらい苦しくて、おかあさんが目の前にいるのに、すごく遠くにいるみたいで、かなしくて、かなしくて……」

　少年の目には涙が溜《た》まっていった。

　きよしこの気配が、ふっ、と消えた。

　少年は窓の外を見つめたまま、泣きつづけた。

「目を閉じて」

　きよしこの声が遠くから聞こえた。

　言われたとおりにすると、体がなにかに引き寄せられるように宙に浮かんだ。嗚咽《おえつ》交じりの息を吸って、吐いて、また吸い込んだとき、きよしこは「もういいよ」と言った。

目を開ける。

明かりの灯《とも》った町が、見渡すかぎり広がっていた。

ガスタンクのてっぺん――少年は思わず「うわぁ」と歓声をあげた。怖くなんかなかった。大嫌いな奴《やつ》らがいる大嫌いな町なのに、数えきれないほどの明かりがちりばめられた町は、星空に負けないぐらいきれいだった。

「いいことを教えてあげる」

きよしこは言った。あいかわらず姿は見えなかったが、すぐそばにいる気配は部屋にいた頃よりはっきりと伝わった。

「さっきの君の話、忘れてることがあるんだ、一つだけ」

「……なに?」

「駅のホームで、『ただいま』が言えなかった。そのあと、君はどうした?」

「泣いたんだ。もう、がまんできなくて、わんわん泣いたんだ」

「そのあとのこと、覚えてないだろ」

少年は黙ってうなずいた。

「教えてあげるよ。君は、おかあさんに抱きついたんだ。泣きながら抱きついて、おかあさんも、妹をおとうさんに預けて、君を抱きしめてくれた。『お帰り、お帰り』

って何度も言って、君は『ただいま』を言えなかったけど、そのかわりおかあさんに抱きついて離れなかったんだ」

　そうだったっけ。はっきりとは覚えていない。でも、言われてみると、抱きしめてもらったときの母親の両手や胸の感触が、かすかに思い浮かんだ。

「目をつぶって、聞いて。もっといいことを教えてあげるから」

「……うん」

「誰かになにかを伝えたいときは、そのひとに抱きついてから話せばいいんだ。抱きつくのが恥ずかしかったら、手をつなぐだけでもいいから」

　固く閉じたわけではないのに、瞼《まぶた》はぴたりとくっついて、もう持ち上がりそうになかった。

「抱きついて話せるときもあれば、話せないときもあると思うけど、でも、抱きついたり手をつないだりしてれば、伝えることはできるんだ。それが、君のほんとうに伝えたいことだったら……伝わるよ、きっと」

　少年はうなずいた。それを待っていたように、また体が宙に浮く感覚に包まれた。

「君はだめになんかなっていない。ひとりぼっちじゃない。ひとりぼっちのひとなんて、世の中には誰もいない。抱きつきたい相手や手をつなぎたい相手はどこかに必ずいるし、抱きしめてくれるひとや手をつなぎ返してくれるひとも、この世界のどこかに、絶対にいるんだ」

きよしこは最後に「それを忘れないで」と言った。

少年はもう一度、今度はもっと大きくうなずいた。

その瞬間、きよしこの気配は消えて、瞼が軽くなった。

少年は目を開ける。部屋に戻っていた。隣の布団《ふとん》では、なつみがさっきと変わらない姿勢で眠っていた。

しばらく待ったが、きよしこはもう帰ってこなかった。

窓の外の、ほんの少しだけ白みかけた空で、星たちが、バイバイ、というふうに瞬《また》いた。

翌朝、少年は目を覚ますと、まっさきに台所に駆けていった。朝食の支度をしていた母親の腰に後ろから抱きついた。

「おかあさん……」

きよしこの言うとおり、母親の体のやわらかさと温《ぬく》もりに触れていると、気持ちが安らいで、体と心の奥深くにあるなにかが溶けていくみたいだった。

「ゆうべ……ごめんなさい」

言葉は喉《のど》にも顎《あご》にもひっかからずに出た。

母親は体をよじってなにか言いかけたが、その前に少年は台所から居間に駆け込んだ。

テレビのニュースを観《み》ていた父親は、テレビから目を離さず、しかめつらの眉《まゆ》をもぞもぞ動かしながら「おまえ、ほんまは魚雷戦ゲームが欲しかったん違うんか」と言った。「おかあさんが、ひょっとしたら、言うとったけど……どうなんか」

少年は父親の背中にも抱きついた。服に染《し》みついた煙草《たばこ》のにおいを胸いっぱいに嗅《か》いだ。父親は照れたように「赤ちゃんみたいな真似《まね》するなや」と笑って、「魚雷戦ゲームが欲しいんじゃったら、ちゃんと言わんといけんじゃろうが」と言った。

「ぎょ、ぎょっ、魚雷戦……げっ、げっ、ゲーム……」

抱きついても、うまく言えなかった。でも、父親の大きな背中におでこと鼻の頭をすりつけてしゃべると、ふだんよりつっかえるのが軽くなったような気も、する。

「誕生日に買《こ》うちゃる」と父親は言った。怒った声だったが、少年を背中から振り払おうとはしなかった。誕生日は三月。少年は七歳になる。

台所のフライパンの音が少し大きくなった。目玉焼きをつくりかけていた母親が、フライパンの中の卵を菜箸《さいばし》で手早くかき回したのだ。

目玉焼きよりスクランブルエッグのほうが好きな少年は、父親の背中から顔を離すと、やったぁ、と頬をゆるめた。

なつみは台所で、ゆうべのクリスマスケーキを朝ごはんにするんだと言い張っているが、ケーキのクリームやスポンジはきっと固くなっているだろう。商店街に流れる音楽も、明日からは『お正月』に変わるはずだ。

きよしこは、空の上に帰ってしまったのだろうか。もう二度と会えないのだろうか。

「牛乳取ってきて」と母親に言われ、少年は外の廊下に出た。ガスタンクが正面に見える。朝陽を浴びてオレンジ色に光っていた。

ドアの脇《わき》に置いてある牛乳箱の蓋《ふた》を開けた。

牛乳瓶が二本と、それから——お菓子の入ったビニール袋が、あった。ゆうべのクリスマス会で忘れて帰ったお菓子だった。

マツザキとタナカの顔を思い浮かべて、なんだあいつら、と唇をとがらせた。なんだよほんと、あいつら、ほんと、大嫌いだ……。

袋を開けて、粉末のラムネ菓子を口に含んだ。

酸《す》っぱくて甘い小さな泡が、舌の上ではじけて、溶けて、消えた。

# 乗り換え案内

ヒメジョオンの白い花を茎からむしると、花粉で指先が汚れた。花を捨て、半ズボンの尻《しり》で指を拭《ふ》く。中日ドラゴンズの野球帽を脱いで、汗で蒸れた髪に風を入れた。アスファルトの照り返しがまぶしい。朝のうちはうるさいくらい鳴いていた蟬《せみ》も、昼下がりのいまはどこに消えてしまったのか、聞こえるのは大通りを行き交う車の音だけだった。

「おにいちゃん、バス来たよ」

母親に手を引かれたなつみが、少年を振り向いて声をかけた。少年は黙って帽子をかぶり直す。目深《まぶか》に、かぶる。母親に顔を見られたくなかった。

バスに乗り込んだ。板張りの床の、古い型の車両だった。ワックスのにおいが鼻をついて、うつむく顔は自然としかめつらになった。

空いていた二人掛けのシートに、母親が先に座ってなつみを膝《ひざ》に抱き取った。保育園の年長組のなつみは赤ちゃん扱いされて少し不服そうだったが、母親はそれにかまわず、少年に「早く座りなさい」と言った。

怒っていない。少年にもわかる。母親を怒らせるのではなく悲しませてしまったから、隣に座ってからも帽子のつばを上げられない。膝の上で握った右の拳《こぶし》が、いまになってずきずきと痛みだした。

バスが走りだすと、母親は軽く息をついて、気を取り直すように笑った。

「最初は緊張するから、しょうがないよね」

少年はなにも応《こた》えない。「ごめんなさい」が言えない。「ゴ」の音が、さっきから喉《のど》につっかえたままだった。

「初日だと、そういうこと、よくあるんだって。だから先生もぜんぜん怒らなかったでしょ。向こうの子もケガをしたってほどじゃないんだし、だいじょうぶよ」

「……うん」

「明日会ったら、『ごめんね』って言えばいいんだから、気にしない気にしない」

それが言えるぐらいなら、最初から喧嘩《けんか》になどならなかった。謝る以前、喧嘩をする以前に、横からちょっかいを出してくるあいつに「やめろよ」と一言――カッとしたせいで「ヤ」の音がつっかえさえしなければ、そのまま、どうということもなく終わっていたはずなのだ。

少年は右の拳を少し強く握り直した。ストレート、いや、肘《ひじ》が曲がっていたから、あれは右フックだった。『あしたのジョー』で覚えた、左ジャブから右ストレートというきれいな順番にはならなかったが、一発で決まった。あいつはかぶっていたドラゴンズの野球帽を足元に落として、左頰を両手で押さえて泣きだした。弱っちい奴《やつ》だった。同じドラゴンズの帽子をかぶっていたから、きっとあいつもドラゴンズのファンのはずなのに、あれじゃあまるでジャイアンツ・ファンの奴らみたいじゃないか。

母親はなつみを膝に載せたまま、窮屈そうな手つきでバッグからガリ版刷りの冊子を取り出した。「あの子、名前なんていうの?」と名簿のページを開く。

表紙に記された『おしゃべりサマーセミナー　1971』の文字が少年の目に入った。

少年は知っている。その名前は参加する子どもたち向けのもので、正式な名前は、表紙の隅に小さく書いてある『吃音《きつおん》矯正プログラム』だった。「吃音」の意味はわかる。「矯正」の意味も、なんとなく。

「ねえ」母親は名簿を少年に見せた。「名前、もう知ってるんでしょ?」

少年は「加藤達也《たつや》」の欄を指さした。

「加藤くんっていうの？」

「そう……」

「家、緑区だって。けっこう遠いのね」

そこまでは知らない。あいつ――加藤くんは、少年のスリッパ履きの足を朝から何度も踏んで、少年がノートをとっているときに机を横から揺らして消しゴムを落としたり、逆に自分の消しゴムかすを少年に吹きつけたりして、最後は少年に殴られて泣きだして……結局、言葉は一度も交わさなかった。

「先生に聞いたけど、今年で三年目なんだってね、あの子。いたずらっ子みたいだけど、一人で通ってきてるなんて、意外としっかりしてるんじゃない？」

「明日から、一人で行けるから」

「そういう意味じゃないって。なに張り合ってるの」

母親は苦笑して、冊子をバッグにしまった。

少年は通路越しに、母親とは反対側の窓を見つめる。流れていく街の景色は、アパートの近所よりずっとにぎやかで、背の高いビルも建ち並んで、子どもたちの姿はまったく見かけなかった。

退屈してむずかりはじめたなつみに、母親は「ほら、あそこ、テレビ塔見えるよ」

と窓の外を指さした。

鉄骨を組みあげたテレビ塔は、人口二百万を超えるN市のシンボルだった。五月に学校の社会科見学でまわった。真下から見上げるテレビ塔は巨大な怪獣の骨格標本みたいで、首輪のような展望台に上って見渡す街は、家の一つ一つなんてとても見分けられないほど大きかった。お城が見える。高架になった新幹線の線路が見える。遠くに山も見える。港のまわりのコンビナートは煙突の吐き出す煙にけむって、その先に、広い中洲《なかす》をつくった大きな川の河口が見える。二年生の夏まで住んでいたガスタンクのある町は、その川の向こう岸の、山を越えたところにあるはずだ。

見学の翌日、学校で作文を書かされた。少年はテレビ塔のことは一行も書かなかった。作文はもともと大の得意だったが、担任の森先生は「肝心なところを書き忘れてるなあ」と、いい点をつけてくれなかった。しかたない。森先生は作文を一人ずつ声に出して読ませる。「テレビ塔」を書いてしまうと、きっと「テ」でつっかえてしまうから。

夏休みの宿題には作文もある。『夏休みの思い出』と題名が決められていた。「おしゃべりサマーセミナー」なら、つっかえずに言える。それでも書きたくない。ぜったいに。こんなものを夏休みの思い出にはしたくない。

加藤くんの顔が、また浮かんだ。今年で三年目ということは、小学一年生からずっと、なのだろう。プログラムは、お盆の休みを挟んで前後期十日ずつ――夏休みの半分がつぶれる。あいつは毎年夏休みを半分しか過ごしていないんだと思うと、加藤くんの体が、少し縮んだような気がした。

目の前が急に明るくなった。母親が手を伸ばして、野球帽のつばを持ち上げたのだ。

「あせらなくていいけど、がんばろうね」と母親は言って、「ね?」と笑った。

少年は黙ってうなずいた。

「あそこに来てる子はみんな同じなんだから、加藤くんとも友だちになれるわよ」

もう一度、黙ってうなずいた。

学年別にクラス分けされたセミナーに、三年生は少年を含めて十八人参加していた。自分と同じように言葉がつっかえてしまう子と会うのは、考えてみれば、生まれて初めてのことだった。

「二学期には、森先生をびっくりさせてやらないとね」と母親が言った。

「……いいよ、そんなの」

少年は小さな声で返して、帽子のつばをまた下げた。

セミナーへの参加を強く勧めたのは、森先生だった。小学二年生までは両親も先生も、そして本人も「しょうがない」ですませていた吃音を、三年生から担任になった森先生は「障害」だと言いきった。戦前の師範学校を卒業した、年寄りの先生だ。子どもは厳しく育てなければいけない、と決めてかかっている先生だった。

そんな森先生に言わせると、吃音は紛れもなく言語障害で、いまの少年は「障害児」なのだという。

このままだと、おとなになっても誰とも口をきかずにすむ仕事——たとえば長距離トラックの運転手のような仕事にしか就けなくなりますよ、と先生は五月の家庭訪問のときに母親に言った。

母親はムッとして言い返したらしい。

「主人の仕事、運送会社なんですけど……」

先生が帰ったあと、母親は「あんまり悔しかったから、ガーンと言ってやったの」と自慢するように少年に言った。そのときの森先生の気まずそうな顔を想像して、少年も、ざまーみろ、と笑った。でも、「ほんとに失礼な先生なんだから。よくあんなので教師ができるよね」とぶつくさ言っていた母親は、話が途切れると、心の中の糸も切れてしまったみたいに、不意にテーブルに突っ伏して泣きだした。ほんとうに悔しかったのは、先生の言葉の別のところだったんだ、と少年はそれで知った。

一学期の終わりの保護者面談で、森先生は母親にセミナーのパンフレットを渡した。家庭訪問のときの仕返しのつもりもあったのか、子どもを甘やかすのは親として失格だ、と強い口調で母親を叱《しか》ったらしい。

父親はその話を聞いて怒りだして、母親も話しているうちに涙声になったが、二人とも最後は、先生の言うこともわかるから、と納得した。

小学一年生から中学三年生までを対象にしたセミナーの参加者は、N市全域から集まっていた。講師も市内の小中学校や養護学校の先生がボランティアで務める。市の中心部にある小学校を借りた会場までは、バスを乗り継いで、しかもふだんより早起きをしないと通えない。授業はお昼過ぎに終わっても、家に帰るのは夕方前になってしまう。

楽しみにしていた子ども会の臨海学校はキャンセルすることになった。クラスの男子でつくった野球チームの練習にも行けなくなって、レギュラーの座が危うくなってしまった。

夏休みなのに、ちっともおもしろくない。

「行かなきゃいけない？」と少年は母親に何度も訊《き》いた。

「行けば、よくなるんだから。きよしだってどもらずにしゃべれるようになったらうれしいでしょ？」

それは――うれしい。うまく話せるようになれば、国語の本読みで言葉がつっかえるたびに森先生が嫌な顔をするのを見ないですむ。友だちとおしゃべりするときも、つっかえる言葉を避けて別の言葉に言い換えずにすむ。

「今年の夏休みだけ我慢すれば、あとはずっとだいじょうぶなんだから」

ほんとう――？

目で訊いただけなのに、母親は「ほんとほんと」と歌うように言って、少年の頭を撫《な》でてくれた。

「ちゃんと人前でしゃべれるようになったら、おとなになっても、自分のやりたい仕事ができるんだから」

少年は乗り物が大好きだった。父親の会社のトラックが走るのを見かけると、幼い頃から歓声をあげていた。おとなになったら、乗り物を運転する仕事に就きたかった。長距離トラックの運転手に、憧《あこが》れていた。でも、それは森先生が母親に言ったような、ひとと口をきかずにすむ仕事だから――という理由などではなかった。ぜったいに。

森先生はなにも知らない。二年生までの先生と違って、森先生はまだ一度も『将来の夢』という作文や、『二十一世紀のわたしたち』という絵を描かせてくれないから。授業のあとの『終わりの会』ではクラス全員にその日の反省を言わせる先生だから。国語の本読みでつっかえたことも反省しなくちゃいけない、と言う先生だから。

あんな先生、大嫌いだ。

でも、母親は少年の頭から手を離すと、教えさとすように言った。

「将来のこともあるし、そろそろお父さんの転勤もあるかもしれないし、やっぱりね、いまのうちになんとかね……先生の言うことは間違ってるわけじゃないし、きよしのことを思って言ってくれてるんだから……」

少年は首を縮めて、背中をもぞもぞさせた。母親に体をさわられたあとは背中が落ち着かなくなってしまう。くすぐったさやむずがゆさとは微妙に違う、首筋にざらついた鳥肌がたつような感触を、三年生に進級してからしょっちゅう感じるようになっていた。

もう母親と二人でお風呂《ふろ》に入ることはない。たとえ冗談半分でも背中に抱きついたりはしない。

母親は毎朝、なつみの髪を三つ編みにする。なつみと二人で楽しそうにおしゃべりをする。それをぼんやり見ていたら鏡台の鏡の中で母親と目が合って、「どうしたの？」と訊かれ、急に恥ずかしくなって黙って部屋から走り去ったことも、何度かあった。

セミナーの二日目も、加藤くんは朝から少年にちょっかいを出しつづけた。三日目も、四日目も、五日目も……背中を小突いたり、すれ違いざま肩をぶつけてきたり、少年が席を離れた隙《すき》に鉛筆の芯《しん》を折ったりする。

もう一度殴ってやりたかった。喧嘩になればきっと負けないだろう。でも、別の教室でなつみをあやしながら授業が終わるのを待っている母親のことを思うと、騒ぎは起こしたくない。学校でも少年はしょっちゅう同級生に殴りかかって、そのたびに母親は相手の家に出かけて頭を下げていた。うまくしゃべれるようになれば、たとえ腹を立てても、殴るのではなく言葉で伝えられる。森先生の言うことは、やはり決して間違ってはいないのだろう。

「やめろよ」

少年は何度も加藤くんに言った。興奮しすぎなければ「ヤ」行はすんなりと言える。

加藤くんは、にやにや笑うだけだ。ちょっかいをやめることはないし、といって、それが暴力じみたものになるわけでもない。語気を強めて「やめろよ」と言えば言うほどうれしそうな顔になり、パンチやキックが届かないようあとずさって距離をとりながら、「ばーか、ばーか」の形に口を動かす。

「加藤くんって、あんたと友だちになりたいのよ。いっしょに遊びたいけど誘うのが照れくさいから、そういうことやってるんじゃないの?」

五日目の帰りのバスで、母親は笑いながら言った。

少年はなにも応《こた》えない。「そう思わない?」とうながされても、首を縦とも横ともつかず小さく動かしただけだった。

「こっちから声かけてあげれば? 緑区だったら、バスも途中までいっしょなんだし」

「そうなの?」

「テレビ塔のバスセンターで乗り換えるでしょ。加藤くんも同じだと思うけど」

初めて知った。加藤くんはいつも始業時間ぎりぎりまで教室に来ないし、授業が終わると一目散に教室を飛び出していく。まるで、こんなところには一秒だって長くいたくないんだ、と言うみたいに。

「いっしょに帰ろうよ、って誘ってごらん。遊ぶのはアレでも、同じバスで帰るくらいだったらいいんじゃない? そうすれば、ほら、加藤くんのいたずらだって少しはおさまると思うし……」

母親は膝《ひざ》の上のなつみを抱き直して、「お母さんもそのほうが助かるしね」と付け加えた。「テレビ塔のところまでは送り迎えしてあげるから」

そこから先を加藤くんと二人で通えば、母親はなつみをいつもどおり保育園に預けることができて、夏休みに入ってずっと休んでいる縫製工場のパートタイムの仕事にも出られる。

「やっぱりね、ずーっと休みだと、他のひとにも迷惑かけちゃうし……」

おしまいのほうの言葉はため息交じりになった。

でも、吐き出した息を遠くに押しやるように、母親は「ごめんごめん」と笑う。

「変なこと言っちゃったね、ごめんね」

少年は窓の上の車内広告を目でなぞった。鍼灸院《しんきゅういん》や仏具店、和菓子屋やパチンコ店に並んで、『どもり・赤面』と大きく書いたクリニックの広告が掲げられていた。セミナーに通いだしてから、そういう広告をしょっちゅう見つけるようになった。『少年マガジン』の読み物ページにも、いままではほとんど気に留めていなかったが、『どもり矯正バンド』『吃音《きつおん》・対人恐怖症　催眠療法カセットテープ』といった小さな広告が、驚くほどたくさん載っている。

少年は目を窓の外に移し、ビルの間に見え隠れするテレビ塔をにらみつけて、言った。

「明日、誘ってみる」

声はバスのエンジンの音に紛れてしまい、母親には届かなかった。なつみが「え?」と振り向いたが、母親はそれにも気づかず、少年が見ていたのとは反対側の景色をぼんやりと見つめるだけだった。

少年は、もうなにも言わない。聞こえなかったことを、かえってよかったじゃないか、とも思った。加藤くんを誘うなんて、やっぱり無理だ。あいつが好きだとか嫌いだとかの問題ではなく、「加藤」の「カ」、「達也」の「タ」——どちらも、大の苦手の音だ。話しかける緊張も加わると、喉《のど》につっかえてしまって、窒息しそうなほど顔を真っ赤にしても声にならないだろう。

バスセンターに近づくと、車の流れが悪くなった。乗用車を何台か挟んだ先に、くすんだ水色とアイボリーに塗り分けられた市バスが見える。少年の乗ったバスより一本早い便だった。

加藤くんはそれに乗っているのだろう。ひとりぼっちで、去年やおととしに通ったのと同じ道を、なにを考えながらバスに揺られているのだろう、あいつは。

次の日からも、加藤くんのちょっかいはつづいた。「やめろよ」と繰り返し、拳《こぶし》を振り上げて脅しても、ちっとも懲《こ》りない。あとずさって逃げながらにやにや笑って——喜んでいる。

かまってもらってうれしいのだ。少年にもわかる。友だちになりたいのだ。間違いない、わかる。それが照れくさくて、腹を立てているわりには加藤くんのことを嫌いなわけではないのが自分でも不思議で、加藤くんがちょっかいを出すばかりで一言も話しかけてこないことを思うと、少し悲しくなってしまう。

クラスの十八人の中では、少年の吃音はかなり軽いほうだった。「言葉のつっかえる自分」と「そうでないみんな」の二種類しかなかった世の中が、じつはもっと細かく分かれているのだと初めて知った。

つっかえる音も、ひとによってそれぞれだった。少年のように「カ」行や「タ」行がだめな子もいれば、少年がすらすらと言える「サ」行や「ハ」行でつっかえてしまう子もいるし、「かさ」「つの」のように行の違う音が並ぶ言葉はよくても、「かき」「つち」のように同じ行の音がつづくとうまく言えなくなってしまう子もいる。

加藤くんは、ぜんぶ、だめだった。言葉の最初の音がなんであろうと、息継ぎをしたあとは必ずつっかえる。顔を真っ赤に染め、全身をこわばらせて、「うおっ、おっ、おっ、おっ」とうめくような声を出して……残り少ない息を使って早口にしゃべれるときは、まだいい。十回しゃべるうちの七回は、それっきりだった。

少年も、ときどき——言い換える言葉をうまく選べなかったときは、加藤くんのようになる。言いたかったことが誰にも伝わらないまま喉の奥に引っ込んで、胸に戻ってしまう。しゃべるのをあきらめて口をつぐんだあとは、くやしくて、かなしくて、胸がずしんと重くなって、ときには吐き気にさえ襲われる。

加藤くんの胸の中は、言えなかったことで満杯になっているはずだ。「遊ばない？」「いっしょに帰ろう」「ドラゴンズの帽子、おそろいだよね」……そんな言葉も、胸に降り積もっているのかもしれない。

前期のプログラムの最終日も、加藤くんは廊下ですれ違うときに肩をぶつけてきた。少年は、もう怒らない。知らん顔をしてやりすごし、何歩か進んでから振り向いた。加藤くんはその場に立ち止まって、少年を見つめていた。拍子抜けして、さびしそうで、それでも少年に振り向いてもらえてうれしそうで、なにか言いたげに口が開きかけたが、すぐに閉じてしまった。

少年は軽く息を吸い込んだ。

いっしょに帰ろうか——。

言えなかった。「ア」行でつっかえたことは一度もなかったのに、喉というより胸がすぼまって、うまく声が出せなかった。

口をつぐんだあとの加藤くんの顔が、泣きだしそうにゆがんだせいだ。

母親の予想どおり、父親は秋の人事異動で転勤することになった。後期のプログラムが始まる前日に内示が出た。九月の終わりに転勤する。少年も学校を替わる。引っ越す先は、日本海に面した人口十万人ほどの街だった。

「運動会まではここにおらしてやりたいんじゃがのう……」

父親はすまなそうに少年に言った。

ものごころついてから、引っ越しは今度で五回目、転校は三回目になる。最初の転校でも、去年の二学期が始まるときの二度目の転校でも、自己紹介でしくじった。「きよし」の「キ」でつっかえた。今度も、このままなら、たぶん。

少年は子ども部屋に入って、セミナーのテキストを開いた。

ガリ版刷りのテキストには、ひとの顔を横から見た断面図と、口を正面から見た図がたくさん載っていた。五十音順に、発音するときの口の形や舌の位置、息の通り方が説明してある。その図を見ながら、ゆっくりと、大きな声で、発音の練習を繰り返すのだ。

息継ぎの箇所に「/」のマークがついた『ジャックと豆の木』も載っていた。息継ぎは深呼吸のように大きく吸い込まなければいけない。音読している間、先生は少年のおなかに手をあてて息が届いているかどうか確かめ、うまくいかないときには「ほら、腹式呼吸！」と軽くおなかを叩《たた》く。

授業には『こそあどゲーム』もあった。教室の床に輪になって座り、真ん中に鉛筆やノートやチョークや黒板消しを置いて、先生が一人ずつ「黒板消しは？」と尋ねる。当てられた子は黒板消しを指さして、自分との距離にしたがって「これ」「それ」「あれ」と答え、たまに先生がその場にない「三角定規は？」などと訊《き》くと、「どれ？」と返すルールだ。

吃音の子どもは対象との関係がうまくとれないために言葉がつっかえてしまう――という説に基づいたゲームだったんだ、とずっとあとになって母親が教えてくれた。難しいことはよくわからない。ただ、その話を聞いたとき、少年は三歳になる前のあの日のことをぼんやりと思いだしていた。そこにいるはずの両親がいない、がらんとした部屋が浮かぶ。「どこ？」「どこ？」「どこ？」……すべては、両親の姿を見失ったときに始まったのかもしれない。

少年はセミナーのプログラムの中で、『こそあどゲーム』が特に苦手だった。「これ」が言えない。「失敗してもいいんだよ、そのためのセミナーなんだから」と先生に励まされても、できれば言わずにすませたい。だから、床に座ったお尻《しり》をもぞもぞと動かして、少しずつあとずさる。目の前にある黒板消しから距離をとって、「これ」を「それ」に変えてしまう。すると、輪の外に立っている先生に肩を叩かれて、「逃げちゃだめだよ」とやんわり叱《しか》られてしまうのだった。

このプログラムをこなして、ほんとうに吃音が治ったり軽くなったりするのだろうか。前期を終えても、しゃべるのが楽になったという実感はない。後期の十日間で楽になれるだろうという予感もない。

この夏休みさえ我慢すれば、うまくしゃべれるようになる――はずだったのに。

将来のことなんて、どうでもいい。

九月の終わりに新しい学校で自己紹介するときに、「きよし」の「キ」がつっかえなければ、それだけで、いい。

少年はその夜遅くまで、布団《ふとん》の中でテキストを広げて小声で発声練習をした。『ジャックと豆の木』も何度も読んだ。

襖《ふすま》を隔てた居間から、両親の低い話し声が聞こえた。母親は転勤を断るよう父親に訴えていた。環境の変化が吃音の原因になる場合がある、とセミナーの開講式の日に教わったのだという。父親は「しょうがなかろうが、仕事なんじゃけえ」と不機嫌な声で返した。

新しい町の、新しい学校の、新しい毎日を、少年は思い描く。想像の中では、言葉は決してつっかえない。作文を書くときもだいじょうぶ。転校して最初の授業が作文だったらいいのに。大の得意の作文で、みんなをびっくりさせてやる。新しい学校の先生が、森先生のように作文を音読させないのなら、すごくうれしい。

後期のプログラムは、前期の復習と応用が中心だった。配役を交代しながら『ブレーメンの音楽隊』の劇をしたり、カスタネットを叩きながらリズムに乗せてしゃべる練習をしたり、体の緊張をほぐすという中国の体操を教わったりした。

うまくしゃべれない子どもばかり集まった教室は、休憩時間になっても、しんと静まり返っている。毎日顔を合わせていても、お互いのことはほとんどなにも知らない。住んでいる町も、好きなテレビ番組も、趣味も、得意なスポーツも、家族のことも、学校のことも、将来の夢も……。

それでも、授業を受けているうちに、気の合いそうな子はなんとなくわかってくるし、『こそあどゲーム』で輪になって座るときも、自然とグループができるようになる。先生がジョークを言うと、隣の子と顔を見合わせて笑う。おもしろいね。笑っちゃうよね。声に出さなくてもわかることは、ある。床に落ちた鉛筆を後ろの席の子に拾ってもらって、ありがとう、いいよいいよ、と目と表情と身振りで伝え合う。石川さんという女の子は、鉛筆の芯《しん》を折ってしまった少年に、香りつきの鉛筆も貸してくれた。

学校の友だちより、みんな、ずっと優しい。言葉がつっかえても、ここでは誰もからかわないから、だろうか。それとも、そもそも言葉をつかおうとしていないから、だろうか。

加藤くんは優しくない。後期に入っても少年にちょっかいを出しつづけた。しつこい奴《やつ》だ。ドラゴンズの野球帽を頭からむしり取られて遠くに放られたときは、初日みたいに殴ってやろうかと本気で思った。

でも、授業中の加藤くんを見ていると、そんな腹立たしさはしぼんで、消える。

加藤くんには、仲のよさそうな友だちはいなかった。どんな授業でも、クラスのびりっけつだった。三年も通っているのに――いや、びりっけつだからこそ、三年も通っているのだと気づいた。

十八人の同級生の中で三年連続参加しているのは、加藤くんをはじめ四人。二年目が五人。総じて、少年のように初めて参加した子より、二年目、三年目の子のほうが吃音が重かった。そもそも吃音が治った子どもは次の年には参加しないのだ。

小学校を卒業するまで六年間、中学校を含めると九年間、毎年通いつづける子もいるのだろう。加藤くんも、きっとその一人になるのだろう。来年も、再来年も、その次の年も、加藤くんは一人でバスに乗ってセミナーに通い、友だちになりたい子を見つけてはちょっかいを出しつづけるのだろうか。

少年はときどき思う。セミナーの友だちは、将来どんな仕事に就くのだろう。おとなになっても、うまくしゃべれないままなのだろうか、みんな。

少年はもう半ばあきらめている。セミナーに通っても、吃音は治らない。前期の授業では「いいぞ、その調子」と先生に褒められることが多かったのに、後期に入ると「うーん、どうしちゃったのかなあ」と首をかしげられることが増えた。調子が悪い、というより、最初から無理だったんだ、とも思う。

セミナーの友だちも似たようなものだった。ほんのちょっと吃音が軽くなった――「カ」の音が七回つっかえていたのが三回ですむようになった子は何人かいても、すらすらと話せるようになった子はいない。

それでもみんな、一日も休まず、遅刻も早退もせずにセミナーに通っている。発音練習や腹式呼吸の練習を繰り返し、『こそあどゲーム』をつづけて、二学期が始まるとそれぞれの学校に戻って……いじめられたり、からかわれたりするのだろうか。

おとなになっても、このセミナーのような場所があるといいのに。町でも会社でも、うまくしゃべれないひとばかり集まって、みんな優しくて、しゃべらなくても誰もが幸せに暮らせる、そんな場所がどこかにあればいい。

でも――そこはきっと幸せだけど、さびしい場所なんだろうな、と思う。


後期の五日目に、市のＰＴＡ協議会の副会長だというおばさんの先生が教室に来て、話をした。

「ここに集まっているのは、みんな、同じ悩みを持った十八人の友だちです。ふだんは一人で悩んだり苦しんだりしている君たちも、ここではなにも恥ずかしがらなくていいんです。同じ悩みや苦しみを分かち合って、友情を深めていってください」

先生は「悩み」と「苦しみ」を何度も口にした。「悩み」を背負って「苦しみ」ながら生きていく――まるでマンガの、かわいそうな登場人物みたいだ。

最初はなんとなく照れくさかった少年も、やがてかなしくなって、瞬《まばた》きをするたびに瞼《まぶた》に力をこめた。

他の十七人も、自分の爪《つめ》を見たり、机の縁を消しゴムでこすったり、スリッパから浮かせた足の踵《かかと》をもう片方の足のつま先で触ったりしていた。

「リラックスしてしゃべればいいんです。気にするから、よけい言葉が出なくなるんです。『どもったってかまわないんだ』と気持ちを楽にして、自信を持ってしゃべることが肝心なんですね」

今度は、むっとした。なに言ってるんだ、と思った。「言葉がつっかえたって気にするな」と、おとなはしょっちゅう言う。「笑われたっていいじゃないか、そんな奴はほっとけ」「吃音《きつおん》なんかにくじけるな」「どもるのも個性のうちだ」……そんなことを言うおとなにかぎって、すらすらと、なめらかに、気持ちよさそうにしゃべる。

先生は教室を見まわして、言った。

「ほら、みんな、顔が下を向いちゃってるわよ。胸を張って、もっと堂々として。吃音なんて恥ずかしいことじゃないんだから」

違う。

ぜんぜん、違う——。

少年は上目づかいに先生をにらんだ。

でも、先生は気づかない。すまし顔のまま、「吃音を笑う友だちのことは、笑い返せばいいのよ。つまらないことで笑う、つまらない奴なんだなあ、って」とつづけた。

少年は身を乗り出すようにして机の両端をつかんだ。手の甲や指先が力んでこわばると、それが腕や肩や背中や顎《あご》にも伝わり、全身が小刻みに震えはじめた。

机の脚がかすかに浮いて、板張りの床に落ちる。また浮いて、落ちる。ガタガタと音がして、それでやっと先生は目を少年に向けた。

「どうしたの？」

少年は机から手を離さず、うつむいた。

「顔を上げなさいって、いま言ったでしょ。どうしたの？」

先生の声が少しとがった。

「トイレ？　トイレに行きたいの？　ちゃんと言わなきゃわからないでしょ、先生の話、聞いてなかった？」

幼い子どもを叱るように、言った。

少年は机を持ち上げた。脚を、床に叩きつけた。机の上のテキストやノートや筆箱が落ちるほど、強く、何度も、何度も。

先生はビクッとしてあとずさり、教室の後ろにいた別の先生が「こら！　なにしてるんだ！」と少年に駆け寄って腕をつかんだ。その手を振りほどこうと揉《も》み合っていたら、教室の後ろで椅子《いす》の倒れる音がした。

振り向くと、加藤くんが立ち上がっていた。教卓の先生をにらみつけ、がたがたと痙攣《けいれん》するように身を震わせて、真っ赤な顔で口をわななかせていた。

「うおっ、おっ、おっ、おっ……」

静まり返った教室に、加藤くんのうめき声が響きわたった。

途中から、加藤くんはうめきながら拳《こぶし》を机に打ちつけた。地団駄も踏んだ。うめきつづける。先生をにらみつづける。

教壇の先生は加藤くんから目をそらし、逃げるように教室から出ていった。少年の腕をつかんでいた先生は「休憩だ！　休憩！　五分休憩します！」とみんなに怒鳴った。

加藤くんは最後まで言葉を発することはできなかった。

でも、少年にはわかった。加藤くんの言いたかったことが、確かに伝わった。残り十六人の同級生にも、きっと。

先生が教室を出ていったあと、少年の隣にいた石川さんは、無人の教壇に向かって、あっかんべえをした。

次の日から、少年は加藤くんのちょっかいに反応するようになった。廊下を走って追いかけると、加藤くんはうれしそうな顔で逃げる。たまに少年のほうから背中を小突くと、もっとうれしそうに追いかけてくる。

短くなったチョークをぶつけ合ったり、ドラゴンズの野球帽を取ったり取られたりしながら、二人はいつも笑っていた。でも、いつも、黙っていた。

授業は残り二日になった。休み時間にトイレから戻ると、テキストの上に蟬《せみ》の抜け殻が置いてあった。飴色《あめいろ》に透き通った、きれいな形の抜け殻だった。先に席についた加藤くんが、こっちを見ていた。目が合うと、やっぱり黙って、笑った。

抜け殻は宝物の箱にしまって新しい家に持っていくつもりだったのに、半ズボンのポケットの中に入れておいたら、アパートに帰ったときには粉々に割れてしまっていた。

一人でしょんぼりしていたら、夕立が来た。

「夕立も、もう終わりかもね」と母親が引っ越しの荷造りの手を休めてつぶやいた。

なつみは、植木鉢のアサガオから取った種を、千代紙の袋に大事そうに入れていた。

保育園でいちばんの仲良しの美由紀《みゆき》ちゃんにお別れのプレゼントをするらしい。

少年は窓を開け、どしゃ降りの雨の音に紛らせて、「カ」と「タ」の発声練習をしてみた。うまくいかない。「加藤くん」も「達也くん」も言えない。それでも、加藤くんは、少年がこの街でつくった最後の友だちだった。

セミナーの最終日、少年は母親に「一人で帰っていいでしょ？」と言った。「もう慣れたし、乗り換えもできるよ」

「帰って」と「乗り換え」の「カ」、そして「できるよ」の「デ」が、つっかえた。プログラムをすべてこなしたのに、吃音はけっきょく治らなかったし、軽くもならなかった。

「ねえ、いいよね？」

「うん、それはいいけど」母親は少し残念そうな顔になった。「最後までよくがんばったから、帰りにデパートでごはん食べようと思ってたんだけど」

「本は？」

「一冊だけね、買ってあげる」

「ほんと？」

迷った。『ドリトル先生』シリーズの、まだ読んでいない巻が欲しい。

うつむいて考え込んだ少年に、母親はふふっと笑いかけた。

「加藤くんといっしょに帰る約束してるの？」

「……そんなのじゃないけど」

母親はまた笑って、「デパートは今度の日曜日にしようか」と言ってくれた。


最後の授業が終わると、加藤くんはいつものようにそそくさと帰り支度を整え、走って教室を出た。少年も加藤くんを追いかける。校門の手前で加藤くんのかぶっていた野球帽を奪って、全力疾走で逃げた。

加藤くんは怒った顔で、でも、待ってました、というふうに追ってくる。

バス停が、ゴール。ちょうどバスセンター行きのバスが着いたところだった。

少年が先に乗り込むと、加藤くんは驚いた顔になって、乗降口のステップにけつまずきながらあとを追った。

二人掛けのシートに並んで座った。

目が合うと、加藤くんは、はずむ息をこらえながら、照れくさそうに笑った。

少年も笑う。なにかしゃべってくれればいいのになあ、と思いながら——なにかしゃべりたいのになあ、と思いながら、笑う。

走るバスの中で、二人は肘《ひじ》をぶつけ合ったり、野球帽を交換してかぶってみたり、用済みになったテキストの表紙にかわるがわる落書きをしたりした。じゃんけんもした。勝ったときよりも、あいこが長くつづくときのほうが楽しかった。笑い声が高すぎて、後ろの席のおばあさんに注意された。「すみません」と少年が謝り、加藤くんはぺこりと頭を下げて、二人で肩をすくめて無言で笑った。

やがて、窓の外にテレビ塔が見えてきた。バスは終点に近づいていく。こういう日にかぎって、道路の渋滞はほとんどない。

少年は何度も深呼吸して、セミナーの発声練習を思いだしながら言った。

「来年も、行くの？」

加藤くんは、誘われたと勘違いしたのか、大きく、張り切った様子でうなずいた。

少年は口をつぐむ。俺は行けないんだ、引っ越しちゃうから——つっかえる音はなにもなかったのに、言えなかった。

バスは最後の交差点を左折してバスセンターの構内に入り、ロータリーを半周して四番ホームで停まった。

バスを降りる。乗り換え案内のアナウンスが聞こえた。各ホームにバスが到着するたびに流れる乗り換え案内の声は何重にもずれながら重なって、いつも聞きづらい。

少年が乗るバスは三番ホームから出発し、緑区へのバスは七番ホームから出る。

お別れだ。二人はそれぞれのバスに乗って、たぶん、もう会えない。

「バイバイ」を言うのが悲しいから黙って歩きだしたら、加藤くんにシャツの裾《すそ》をひっぱられた。振り向くと、加藤くんはじっと少年を見つめ、顔を真っ赤に染めて、肩を上下させて息を継いだ。

しゃべろうとしている。なにかを伝えようとしている。うめき声が、乗り換え案内のアナウンスに押しつぶされる。加藤くんはあきらめなかった。息継ぎをして、拳を握りしめて、絞り出すような声がやっと出た。

「らい、ねん」

あとは、顔をくしゃくしゃにした笑顔が言葉の代わりになった。

少年は泣きたい気分で笑い返して、「ごめんね」の「ご」が言えないから、「引っ越すんだ、もうすぐ」とだけ答えた。

加藤くんはまだ笑っていた。うれしそうな笑顔だった。乗り換え案内のアナウンスがうるさくて、少年の声が聞こえなかったのかもしれない。

しかたなく、もう一度言おうとした、そのとき――加藤くんは少年の野球帽を奪って、放り投げた。

青い野球帽は、ふわっ、と風をはらんで宙に浮かび、少年の後ろまで飛んでいった。少年はあわてて駆け出して、ロータリーに落ちた帽子を拾った。顔を上げると、加藤くんはもういなかった。追いかけてくるのを楽しみに逃げだしたのだろうか。七番ホームに行けば会える。加藤くんは七番ホームで待っている。来年の夏も、いつもの教室で、加藤くんは……。

少年は帽子を目深《まぶか》にかぶり直して、三番ホームに向かって歩きだした。最初はとぼとぼと、途中から小走りになって。

後ろは振り向かなかった。乗り換え案内のアナウンスは重なり合って、ずれながら、いつまでも途切れることなくバスセンターに響き渡っていた。

その夜、少年は『夏休みの思い出』の作文を書いた。

セミナーのことを書いた。

加藤くんを忘れたくなくて、あいつのことを誰かに伝えたくて、「カ」が言えないから名前を「佐藤くん」に変えた。

机に向かう少年の後ろでは、母親が押入れを開け、引っ越しの荷物に紛れないよう長袖《ながそで》のパジャマを行李《こうり》から出していた。

作文の最後の場面は、迷ったすえ、二人が向き合って「バイバイ」と手を振ったことにした。

それが、少年の書いた初めての「お話」になった。

# どんぐりのココロ

ずんぐり太ったのは、クヌギ。細くとがっているのがシイで、シイより一回り小さいのがスダジイ。ブナの実の先端は針やトゲのようになって危なっかしく、アカガシは実の形より、お椀《わん》のような殻に刻まれた横線の模様が美しい。

どんぐりにたくさんの種類があることは、図鑑で見て知っていた。でも、数種類のどんぐりをてのひらにいっぺんに載せたのは初めてだった。半分に割れたどんぐりもある。リスがかじったあとなんだと教えられて、『シートン動物記』の世界に迷い込んだみたいだ、と思った。

「もうちぃと奥のほうに入ったら、タヌキもおるんや。ぽんぽこ、ぽんぽこ、腹ァ叩《たた》いて、夜中はやかましゅうて寝られんわ」

おっちゃんは笑う。少年が驚くと、「嘘《うそ》や、嘘」と少年のきゃしゃな背中を軽く叩く。

少年は、卵形をしたコナラの実が好きだった。縦横のバランスがいちばんきれいで格好いい。そう言うと、おっちゃんは「どんぐりに格好のええも悪いもないわ」とまた笑う。

おっちゃんは、どんぐりのことを、とてもくわしく知っていた。動物や虫や花のこともくわしいんだと自慢する。そのくせ、自分のことはなにも話してくれない。少年が名前を訊《き》いても「おっちゃんは、おっちゃんや」の一言で終わる。

分厚いてのひらに載せたどんぐりから、虫食いや殻のはずれたのを選り分けて捨てながら、おっちゃんは少年に言う。

「どんぐりはな、落ちとったら拾うたらな、あかんねん。拾うて、遠くに運んで、ほいで捨てたらなあかんねや」

同じ話をいつも、何度も繰り返す。

「親の木ィのすぐそばに落ちとったままやと、春になって芽ェ出しても育たへん。親が邪魔で陽ィもあたらんし、土に根ェもよう張りきらん」

おっちゃんは歌うようなのんびりした声でしゃべる。この町の方言とは違う。大阪あたり、だろうか。細かいことは訊かないし、訊いてもたぶん教えてもらえないだろう。ただ、少年と同じように、おっちゃんも「よそ者」――それだけで、よかった。

「どんぐりは遠くまで連れていってほしいんや。リスやネズミに巣ゥまで運んでもろてもええ、食うてもろたら、クソの中に芽ェのもとが混じって、そこから生えてくんねん。そやからな……そやから……そやから、やで……」

話が途切れるのは、たいがいてのひらのどんぐりをうまくつまめなくなったときだ。指先が震えるのだ。「あかんなあ」と苦笑するときは、少年は放っておく。「なんでやねん」といらだたしげなうめき声が漏れるときには、おっちゃんに代わって少年がどんぐりを選り分ける。

おっちゃんはいつも酔っている。昼間から酒を飲んで、夕方になると、雑木林に三方を囲まれた小さな神社に来る。少年が先に来ていたら「ボク、今日はなにして遊ぼか」と赤黒い顔をほころばせ、少年のほうが遅い日は、鳥居をくぐる石段に腰を下ろして「なにしとったんや、おっちゃん待ちくたびれてもうたわ」と一言文句を言ってから、やっぱり「なにして遊ぼか」と笑う。

少年は小学五年生だった。秋の終わり。五校目の学校に転入して、一週間。父親と同じぐらいの年格好のおっちゃんは、少年がこの町でつくった初めての——いまのところ唯一《ゆいいつ》の友だちだった。

転校にはすっかり慣れっこになったつもりだったのに、今度の学校ではクラスに馴《な》染《じ》むのにしくじった。

最初の自己紹介で言葉がつっかえた。いつものことだ。もう慣れて、あきらめてもいる。でも、あんなに大きな声で、机まで叩いて笑われたのは初めてだった。

みんな田舎者だから、田舎者は礼儀知らずな奴《やつ》が多いから、田舎者は都会の子どもをやっかんでいるから、しょうがないんだ……恥ずかしさやくやしさを無理に抑えつけたところに、「この町、どげん思う?」と訊かれ、「校舎が新しいし、ええ学校じゃろ。トイレも水洗なんじゃ」とつまらないことを自慢されて、つい冷ややかに、見くだすように、「田舎っぽい」と言ってしまった。

すぐに謝るか、冗談にしてごまかせば、なんとかなったかもしれない。でも、むっとした視線を四方から浴びせられると、かえって依怙地《いこじ》になった。田舎は田舎じゃないか、ほんとうのことを言ってどこが悪いんだ、と開き直って、みんなをにらみ返した。

「もうええわ、放っとこうで」と誰かが言った。少年を取り囲んでいた人垣があっさりとばらけた。喧嘩《けんか》にならない——取っ組み合ったあとに仲直りするチャンスが消えた。

少年はそのままクラスで孤立してしまった。みんなとの間に目に見えない壁ができた。暴力をふるわれたり意地悪をされたりということはなくても、あいつは俺たちの仲間に入りたくないんだ、と決めつけられた。

両親には話せなかった。父親も母親も、転校のベテランの少年より、二年生で初めての転校を体験したなつみのほうを心配していた。でも、なつみはすぐに新しいクラスに溶け込んで、毎日のように友だちを家に招《よ》んで遊んでいる。ほっとした顔で友だちにおやつをふるまう母親を見ていると、やっぱり言えないよなあ、と思う。

クラスの男子は放課後、学校のグラウンドに集まって野球をしているらしい。少年も家に帰るとランドセルを部屋に放り投げる。グローブを自転車のハンドルに提げ、バットを後輪のカバーと荷台の間に差し込んで、おやつもそこそこに「行ってきまーす！」と——近所の神社に向かう。

最初の二日は、ひとりぼっちで夕方まで時間をつぶした。前の学校と同じようにショートのレギュラーになれそうだ、と二日目の夕食のときに話すと、母親は喜んでくれた。

おっちゃんと知り合ったのは、三日目のことだ。

その日、少年は雑木林で拾い集めたどんぐりをボール代わりに、野球の練習をしていた。的になる木を決めて、ワインドアップやセットポジション、オーバースローやアンダースローと、一球ごとにフォームを変えて投げる。

野球は大好きだ。いちばん得意な球技でもある。見せてやりたい、あいつらに。びっくりさせてやりたい。ちょっと遠くの木を狙《ねら》っても、的ははずさない。セットポジションからの牽制《けんせい》球だって、祠《ほこら》を目がけて、どんぐりを——ほら、当たった。

思わず頬をゆるめ、小さくガッツポーズをつくった、そのときだった。

「こら、なにしよるんか」

通りのほうから声をかけてきたのが、おっちゃんだった。

「お宮さんに物を投げたら、バチ当たるど」

しわがれた声は怒っていた。でも、無精髭《ぶしょうひげ》の生えた顔は、笑っている。

「何年生な」

少年はてのひらを開いた。「五年生」の「ゴ」が、言えない。

「昨日も来とったやろ。おっちゃんの家からよう見えるんや、ここ」

神社のまわりは市営住宅だった。平屋建ての、数軒連なった長屋が何棟もある。すべての家のトイレには煙突形の換気扇がついていて、それが等間隔に何十本も並んだ光景は、ひとの住まいというよりなにかの工場みたいだった。風の強い日にはすべての換気扇がカラカラと音をたてて回り、風向きによってはにおいが雑木林を越えて少年の家にまで届く。そんなとき、母親はいつもぶつくさ言いながら、干していた布団《ふとん》や洗濯物を取り込むのだった。

「一人で遊びよったんか」

「……はい」

おっちゃんはこっちに向かって歩いてきた。紺色のジャンパーを羽織った下に、つなぎの作業服を着ていた。もう十一月なのに、裸足《はだし》にゴム草履。灰色の作業服には染みがいくつも散っていた。油なのか、泥なのか、もしかしたら血かもしれない。

「そない怖がらんでもええが」

おっちゃんは笑った顔のまま言った。怒ったような声が、少しやわらかくなった。

「おっちゃん、ひとさらいと違うで」とつづけ、肩を揺すって笑うと、足元がふらついた。

少年は一歩あとずさる。おっちゃんの足取りはさらに覚束《おぼつか》なくなった。くたびれた様子で鳥居に手をついて、ふーう、と息をつく。息といっしょに酒のにおいが漂ってきた。

おっちゃんは石段の隅に置いた少年のグローブとバットに気づいた。

「ボク、野球好きなんか」

少年は黙ってうなずいた。

「こない狭いところやったら、でけんやろ」

もう一度うなずいて、そのまま顔を上げなかった。おっちゃんがバットを手に取って軽く振る気配がした。逃げだしたかったが、足がすくんで動かない。

「野球は、一人でしてもつまらんやろ。キャッチボールもでけん」

今度はもう、なにも応《こた》えなかった。

おっちゃんもしばらく黙った。バットをグローブに持ち替える気配がした。左手にグローブをはめて、ポンポン、と右手の拳《こぶし》を軽くぶつける。

「おっちゃんが相手したろか」

ついでのような口調で、おっちゃんは言った。驚いて顔を上げると、逆におっちゃんのほうが目をそらして「ボール、どこにあんねん」と訊いてくる。

「……持ってません」

「なくしたんか」

「……最初から」

「なんやねん、それ。バットとグローブだけ持っとっても意味ないやんけ」

おっちゃんは少年に向き直り、「意味ないやろ？」と念を押して、言葉に詰まる少年の顔をにごった目で見据えた。

自分がどんな表情を浮かべていたのか、少年にはわからない。さびしさやかなしさやくやしさをにじませたつもりはなかったが、おっちゃんは、なるほどなあ、というふうに笑った。

「よっしゃ、おっちゃんが野球の相手したる。ちょっとここで待っとれや」

おっちゃんは左手にグローブをはめたまま、何度もうなずきながら神社から出ていった。少年は追いかけることも逃げ去ることもできず、その場に呆然《ぼうぜん》とたたずむだけだった。

おっちゃんはほどなく戻ってきた。近くの松の木の下で松ぼっくりを拾ってきたのだった。

「これやったらデッドボールでも痛うないし、なくしても、まだなんぼでも落ちとるさかいな……ほれ、バット持って。おっちゃんがピッチャーで、ボクがバッターや」

言われたとおり、バットをかまえた。おっちゃんはアンダースローで松ぼっくりを放る。二球空振りして、三球目に当たった。野球のボールに比べて軽い感触だったが、意外といい当たりのゴロになった。

「おう、ええでええで、ナイスバッチンや」

バッチンという言い方がおかしくて、少年はクスッと笑った。

おっちゃんもうれしそうに笑い返した。

「その調子や。男の子がしょぼくれとったらあかん」

やっぱり、そういう顔をしていた——のだろう。

「喧嘩したほうが、あとで仲良うなるもんや、男の子ォいうんは」

少し勘違いされた。でも、まあいいや、と黙ってうなずいた。

四球目。うまく当たった。ライナーが、おっちゃんの頭上を越えた。左手を伸ばしてそれを捕ろうとしたおっちゃんは、体のバランスを崩し、足をもつれさせて、転んだ。尻餅《しりもち》をついて笑うおっちゃんを見て、少年もまた笑った。さっきよりもずっとなめらかに頬がゆるんだ。

「ボク、野球うまいやんけ」

「……上から投げてもいいけど」

「よっしゃ、ほな、おっちゃんも本気出さなあかんな」

おっちゃんは立ち上がって、右手を肩からぐるぐる回した。少年は松ぼっくりを拾っておっちゃんに手渡すとき、ジャンパーの背中についた落ち葉を払い落としてやった。

二人は、そんなふうにして友だちになった。

引っ越してきてから十日が過ぎた。父親の帰りは毎晩遅い。たまに少年が起きている時間に帰ってくるときも、むすっと押し黙って、「お帰りなさい」の声に応えてくれない夜もあった。

この町に来る前――転勤が決まった頃から、父親はずっと機嫌が悪かった。

十月までは、ここから百キロほど離れたT市の町なかに住んでいた。同じ山陰地方でも、県庁のあるT市は人口が十万人を超え、デパートが二つあった。駅の近くに借りたアパートは、夜中になっても貨物列車の走る音がうるさかったが、その代わりトイレは水洗で、風呂《ふろ》もガスだった。

その前は、太平洋側の「大都市」と呼ばれるN市にいた。デパートも動物園も遊園地もある。地下鉄も走っていたし、ちょっと遠出の散歩をすれば新幹線も見えた。

転勤のたびに住む町が小さくなる。その意味を少年が知るのは、もっとあとになってからのことだ。

母親は、引っ越してきてほどなく腰を痛めた。吹きさらしの風呂の焚《た》き口の前で毎日ずっとかがみ込んでいたせいだ。別の家を探してもらうよう会社に頼んでほしい、と母親は涙を浮かべて父親に訴えたが、父親は苦々しげにうなずくだけだった。「よっしゃ、任せとけ」とすぐに言わなかった理由も、その頃は、よくわかっていなかった。

転勤する少し前に、オイルショックでガソリンがとんでもなく値上がりした。オイルショックの仕組みは知らない。ただ、とにかく、電気やガソリンや紙を節約しなければならないのだという。ガソリンを入れなければトラックは走らない。トラックが走らなければ運送会社は仕事ができない。両親が低い声で話していた。このままの状態だと、いま働いている支店は閉鎖されるかもしれない。

だとすれば——また引っ越しだ。転校だ。

少年は布団を頭からすっぽりかぶって、まるで遠足や運動会の前夜のように、貧乏揺すりする膝《ひざ》を抱きかかえる。

引っ越せばいい。早く転校が決まればいい。

少年はあいかわらず教室でひとりぼっちだった。誰も遊びに誘ってくれない。話しかけてもこない。いまさら謝っても遅いだろう。こっちから謝るのは負けと同じだし、あんな奴らに負けたくはないし、それになにより、「ごめんな」の「ゴ」が、どうせ言えない。

この学校は、もうだめだ。失敗した。今度の学校でうまくやればいい。挨拶《あいさつ》で言葉がつっかえて笑われても、放っておけばいい。言葉がつっかえなければ、もっと、もっと、いい。

引っ越しは母親だって喜ぶはずだ。風呂の焚き付けに苦労して、汲《く》み取り式のトイレは臭いから、と目がチカチカするほど芳香剤を入れている。買い物に行っても「よそ者」扱いされて、店のひとやお客にじろじろ見られるから気分が悪い、としょっちゅう愚痴る。

母親は、都会で生まれ育った。N市の西隣、コンビナートのあるY市――両親が出会ったその街は、父親が会社に入って初めて勤めた支店のある街でもあった。

Y市を家族で訪ねるのは一年に一度あるかないかだが、新幹線から乗り換えた電車がY市に近づくと、母親は目に見えて上機嫌になる。電車の窓から外を見て「このへんも変わっちゃったなあ」と「昔とぜんぜん変わってないんだなあ」を交互に繰り返す。

父親のふるさとは、いまの町の隣の県にある。転勤のたびにふるさとに近づいていく感じだ。方言もほとんど変わらない。N市にいた頃の父親はめったに方言を口にしなかったのに、いまはあたりまえのようにつかう。

「田舎に近うなることだけが救いじゃ」——今度の転勤が決まったとき、そう言って笑う父親の声が、居間から子ども部屋に漏れてきた。母親の返事は、聞きそびれた。母親はどこに引っ越しても、なるべく方言をつかわないようにしていた。山陰地方に来ても、近所のひととは違う、テレビに出るひとのような言葉づかいをする。都会に帰りたいからだろう。いつかまた都会に帰れる——Y市に近づくと信じているからかもしれない。

少年も、都会に帰りたい。この町に来てから、T市よりもむしろN市のことをしょっちゅう思いだすようになった。工場もネオンサインもないこの町は、夜空の星がとてもたくさん見える。でも、N市にいた頃にたった一度だけ出かけたプラネタリウムの星空にはかなわない。

少年はT市の学校の友だちに手紙を書いた。N市の友だちにも、住所が変わったことを手紙で知らせた。

一度遊びに来てください。ぼくも遊びに行きたいと思います。そんなの無理だとわかっているのに、書いた。

「買い物のついでにポストに入れてきてあげようか？」と母親に言われたが、断った。はがきの文面を読まれたくなかったし、はがきを読んだあとの母親の顔を見たくなかった。

一つきりの子ども部屋は、毎日、なつみと友だちに占領されている。今度引っ越したら、自分一人の部屋が欲しい。

「ボク、どんぐり食うたん違うか」

雑木林の中で、おっちゃんが不意に言った。

知り合ってから一週間――二人でミノムシを探しているときだった。少年は歩きながら、落ち葉が増えたとか今朝は寒かったとか、とりとめなく話していた。それをさえぎって、おっちゃんは言ったのだ。

「そんなことないけど……なんで？」

少年はきょとんとして訊《き》き返す。どんぐりが食べられるなんて知らなかった。

おっちゃんは少し困った顔になって、「どどをくるやろ、ボク」と言う。

どどをくる――初めて聞く言葉だったが、「どど」の響きに、背中がひやっとした。

「なに？　それ」

「そうか、知らんか」

「うん……」

「どもる、いう意味や。おっちゃんらは、どどをくる、言うとったけどな」

予感どおりだった。少年はうつむいた。頬が熱くなるのがわかった。苦手な「カ」行や「タ」行で始まる言葉はつかわないようにしてしゃべっていたのに、隠しきれなかった。

「どんぐりを食うたら、どどをくるようになるんや。ほんまかどうかは知らんけど、おっちゃんらは、こまい頃からそない聞いとってん。そやから、ボクも、どんぐり食うてもうたんやろか、て」

食べてないよ——の「タ」、食ってないよ——の「ク」、どちらもつっかえてしまうから、少年は黙ってかぶりを振った。

おっちゃんは困った顔のまま、ジャンパーのポケットから焼酎《しょうちゅう》の二合瓶を出して、瓶から直接、一口飲んだ。息を吐くと、酒のにおいがさっきまでより濃くなった。

謝られたくないな、と少年は奥歯を噛《か》みしめる。吃音《きつおん》のことをつい口にしてしまったおとなは、たいがい申し訳なさそうに謝ったり慰めたり励ましたりする。それがいつも、すごく、嫌だ。

でも、おっちゃんはなにも言わなかった。しばらく黙って歩いて、「おう、あった
あった」と足を止め、木の枝から下がるミノムシを指差した。

「ミノムシがぎょうさん見つかるようになったら、秋もおしまいや。寒ーい寒ーい冬が来んねん」

「……そうだね」

「ミノムシもアホやな、ぬくいミノつくってても、春までじーっとひとりぼっちや」

おっちゃんはからかうように笑って、少年に目を向けた。酒に酔ってにごった目は、なにか怒っているように見えた。

「友だちと、まだ仲直りでけんのんか」

少年はその視線と言葉から逃げるように、ミノムシに手を伸ばした。ミノをつまんで軽くひっぱると、枝とミノをつなぐ細い糸はあっけなく切れた。

「投げたらあかんで」おっちゃんは強い声で言った。「地面に落ちたら、冬を越せんようになる」

「……いいよ、それで」

「なに言うてんねん、かわいそうやろ。ほら、そこの枝の上に置いとき。そしたら、また糸を出してぶら下がるやろ」

「いや、まあ、よう知らんけど」声の調子は元に戻り、「ええかげんやなあ」と――自分で自分を笑う顔も、いつもどおり、ただの酔っぱらいのおっちゃんだった。

少年も肩の力を抜いて、ミノムシを枝の付け根に置いた。

「ごめんなさい」とおっちゃんに言った。「ゴ」が少しつっかえたが、おっちゃんはべつに気に留める様子もなく、「謝らんでもええよ」とあっさり応《こた》え、また歩きだした。

「どんぐり拾おうや。あのへん、まだだいぶ落ちとるさかい」

「……うん」

「どんぐりは遠くに投げればええからな」

「おっちゃん」

「うん？」

「いま……謝ったとき、どもった？」

おっちゃんは振り向いて、笑いながらうなずいた。「『どもった？』の『ド』も、どをくっとったで」と言って、「せやけど」とつづけた。「それがどないしてん。ボクはどどをくる子ォで、そんなん、もう……なんちゅうか、ええやんけ」

「そうなの？」

慰めでも、励ましでも、なかった。

「ええやんけ？」――意味はわかっていたが、訊いてみた。

おっちゃんはなんだか急に照れてしまって、そっぽを向いて歩き出し、「ええやんけぇは、ええやんけぇ、えーやんけーぇっ」とでたらめな節をつけて歌った。

少年は「へんな歌ぁ」と笑った。おっちゃんは振り向かずに、歌う声をさらに大きくした。

「ええやんけぇは、ええやんけぇ、えーやんけーぇっ……」

それればかり繰り返す。

少年は黙っておっちゃんのあとをついていった。落ち葉を踏みしめる歩幅が、ほんのわずか広がった。


少年の嘘《うそ》が母親にばれたのは、その三日後のことだった。「学校で野球してたんじゃなかったの？」と母親は険しい顔と声で少年を問い詰めて、おっちゃんのことを「あのひと」と呼び、最近知り合った市営住宅の石川さんから聞いた話をまくしたてた。

あのひとはひどいアル中で、ちょっと頭のネジもゆるんでいて、仕事もろくにせずに昼間から酒を飲んでぶらぶらして、市営住宅のひとたちも嫌がっている。酒癖が悪くて、夜中に暴れて近所のひとにパトカーを呼ばれたこともある。奥さんと子どもは愛想をつかして何年も前に家を出ていった……。

「石川さん、ずーっと気になってたんだって、神社で最近あのひとにつきまとわれてる男の子がいる、って。まさかと思って話をよく聞いてみたら、あんたなんだもん、もう、お母さん、心臓が止まりそうになっちゃった」

少年は黙って、母親の声を聞き流した。おっちゃんのことより、母親に友だちがいたことのほうに驚いた。

「こんなこと言いたくないけど、ああいうひとはね、怖いのよ。悪酔いしちゃうと急に暴れたりするんだから。ヤケになっちゃうと、なにされるかわからないでしょ。だから、もう遊んじゃだめよ。いい？　学校の友だちと野球して遊べばいいじゃない。レギュラーになったって言ってたじゃない。なんでお母さんに嘘までついて、あんなひとと遊んでるの」

ええやんけ——心の中で言い返した。

おっちゃんもひとりぼっちだったんだと知って、よけいおっちゃんが好きになった。入れ替わりに、この町で友だちをつくった母親が嫌いになった。

次の日からも、少年は毎日こっそり神社に通った。おっちゃんと松ぼっくりで野球をして、飽きたら雑木林でどんぐりを拾った。

おっちゃんはあいかわらず酔っぱらっている。酔いすぎて、松ぼっくりを放ることすらできない日もあるし、なにを言っているのかわからない日もある。でも、おっちゃんはいつも楽しそうだった。

知り合って二週間目、おっちゃんはどんぐりを拾いながら、調子はずれの声で『どんぐりころころ』を口ずさんだ。

お池にはまった、どんぐり。

どんぐりと遊ぶ、どじょう。

「なあ、この歌、おっちゃんとボクの歌みたいやなあ」

おっちゃんはうれしそうに言って、「ぼっちゃん、いっしょに遊びましょう」の箇所でおどけた声音をつかいながら、何度も歌った。

少年もおっちゃんに合わせて歌ってみた。どんぐり、ころころ――「ド」と「コ」がつっかえて、「ど、どんぐり、こ、ころころ」になった。

「どんぐりココロ、に聞こえるで」おっちゃんは笑う。「どんぐりのココロいうて、おもろいなあ。どないなこと思うとるんやろなあ、どんぐり……早うぼくのこと拾うて遠くに連れてってや、思うとるんやろか……」

おっちゃんは二番は歌わなかった。池でどじょうと遊んでいたどんぐりは、二番の歌詞では、山が恋しくなって泣きだして、どじょうを困らせてしまう。

だから歌わなかったのだろうか。ただの偶然なのだろうか。

その場で訊くのはなんとなく照れくさいから、明日訊いてみようと思った。

五時になって「じゃあ、また明日ね」と自転車にまたがると、おっちゃんは「今度、いっぺん海に連れてっちゃろうか」と言った。

「行けるの？」

「おう、行ける行ける、その先の道をずーっとまっすぐ行ったら、もう海よ。自転車やったら十分も走れば着くわい」

「おっちゃんは？」

「おっちゃんは、ボクのあとから走っていっちゃる」

「そんなの無理だよぉ」

「ほな、二人乗りで行くか。おっちゃんが前に乗って漕《こ》いでやるわ、ボクは後ろに座ってしっかりつかまっとけ」

「危なくないの？」

「なーに言うとんね、おっちゃん、昔は二人乗りが上手《うま》かったんやで」

おっちゃんは焼酎を瓶から一口飲んで、笑った。


次の日の学級活動の時間は、担任の先生が風邪で休みだったので、特別に隣のクラスとソフトボールの試合をすることになった。

男子も女子も二つのチームに分かれて、補欠の子も必ずピンチヒッターで打席に立たなければならない、というルールだった。

少年は、野球の下手な子ばかりを集めたBチームに勝手に入れられ、当然のように補欠に回された。

くやしかったが、一度は打席に立てる。みんなをびっくりさせるチャンスが、ある。仲良くなんかならなくてもいい、ただ、認めさせてやる。あの転校生はすごい奴《やつ》なんだ、と思わせてやる。

Bチーム同士の試合は、つまらないエラーばかりで一進一退の接戦になった。後半からは補欠選手が次々にピンチヒッターに起用されたが、覚悟していたとおり、少年はなかなか呼ばれなかった。そのほうがいい。最後の最後に見せ場をつくったほうが盛り上がる。うまい具合に、先に試合の終わったAチームの連中も集まってきた。同点で迎えた最終回のツーアウト。このままだと引き分けで試合が終わるときに、やっと最後の補欠――少年の出番が来た。

打席に入っても声援はなかった。誰かが聞こえよがしに「もう帰ろうで」と言って、まわりの何人かが大げさに笑った。

少年はバットをいっぱいに長く持って、かまえた。おっちゃんの顔を思い浮かべ、グリップを強く握った。ランナーはいなかったが、ホームランでサヨナラ勝ちだ。

初球――松ぼっくりに比べると、ソフトボールの球は、嘘みたいに大きかった。

フルスイングしたバットの芯《しん》に当たった。最高の手ごたえだった。打球は左中間に伸びていき、あわててバックするレフトの頭上を越えていった。

文句なしのホームランだった。歓声も、拍手も、出迎えもない。でも、みんなが驚いて息を呑《の》んでいるのはわかった。「よそ者」を見るまなざしが変わったのも、はっきりと。

教室に戻る途中、男子が数人連れだって少年のそばに来た。

「野球の練習、入れちゃってもええでなあ」一人が照れくさそうに言った。「おまえ、わりとうまいでなあ」

少年も照れ笑いを浮かべて「いいけど」と言った。「イ」は、得意な音だ。「いいよ」と言い直すと、声はもっとなめらかに出た。「いいよ、俺、ほんと」――「イ」「オ」「ホ」、今日はとても調子がいい。

みんな、くすくす笑った。でも、それは念を押した答え方がおかしかったからだとわかるから、少年も笑い返した。

「そしたら、学校終わったら校庭に集まらいや。プールの横のへんで練習しとるでなあ」

わかった――とうなずきかけた顎《あご》が、ピクッと止まった。おっちゃんの顔がまた浮かんだ。笑っていた。昨日「ぼっちゃん、いっしょに遊びましょう」と歌っていたときの笑顔だった。

「……用事あるん?」

おっちゃんの顔を振り払って、少年は「そんなことない」と言った。

少年たちが話しているのを見た他の男子も、一人また一人と駆け寄ってくる。誰かが誰かを「これでおまえ、補欠じゃで」とからかい、別の誰かが「最強チームになったら、六年生にも勝てるで」と力んで言った。

友だちがいっぺんに増えた。いまからみんなの名前を覚えていかなくちゃ、と少年は思う。おっちゃんの顔の代わりに、おっちゃんを「あのひと」と呼んでいたときの母親の顔を思い浮かべた。

家に帰ると、「ただいま！」と言った。いつものように「タ」が少しつっかえたが、いつもより元気に言えた。

「手紙、来てるわよ」と母親が居間のコタツを指差した。

「おこた、もう出したの？」

「だって寒いもん、今夜はすごく冷え込むんだって」

同じ山陰地方でも、この町はT市より冬の寒さが厳しい、らしい。

手紙はコタツの上に置いてあった。T市にいた頃の友だちからの返事だった。

ちょっとがっかりした。返事をくれたのが、仲良しだった犬飼くんや大野くんや、女子で一人だけ出した岸谷さんではなく、ついでに出しただけの遠藤くんだったから。はがきの文面を読んで、もっとがっかりした。おとなの年賀状のあいさつみたいな、通りいっぺんの内容だった。しかも、字がうますぎる。サインペンで書いた文字の下に鉛筆の下書きが透けていた。お母さんが書いたのだろう。

「もう十一月も終わりなんだから、みんな返事を年賀状で書いてくれるんじゃないの？」と母親は言った。

少年はそれには応《こた》えず、グローブとバットを持って、「行ってきまーす!」と外に出た。いつもよりはずんだ声に——なるように、おなかに力を込めて言った。

家の前の路地から表通りに出たとき、神社のほうに向かって、つい自転車のハンドルを切りそうになった。あわててハンドルの向きを変えて、ペダルを強く踏み込んだ。

少年は、それきりおっちゃんに会わなかった。

市営住宅に住む友だちの家に遊びに出かけるときも、神社のそばを通らない道を選んだ。

約束を破った申し訳なさより、おっちゃんとばったり出くわしたらどうしよう、おっちゃんが怒って家に押しかけてきたらどうしよう、という不安のほうが強かった。テレビのドラマで酔っぱらいの行き交う繁華街のシーンが出るたびに、胸がどきんとした。おっちゃんが市営住宅で暴れて警察に捕まったらいいのに。そんなことをふと思って、あとですごく嫌な気分になった。

少年はクラスの野球チームで四番を任された。ショートのポジションは奪えなかったが、サードになった。いったん仲良くなってみると、クラスの男子は、なかなかいい奴がそろっていた。言葉がつっかえたときに笑われると喧嘩《けんか》になる。でも、なんとなく仲直りする。来年は、このクラスのまま持ち上がりで六年生に進級する。野球の練習帰りに、みんなで五月の修学旅行の話をすることもある。

おっちゃんのことを、少年は少しずつ忘れていった。

十二月になって、通学路にある木の枝にミノムシが下がっているのを何度も見かけた。霜がおりて、みぞれが降って、水たまりに氷が張った。

終業式が近づいた頃、珍しく夕食前に帰宅した父親が、これも珍しい上機嫌な顔で「冬休みに引っ越しじゃ」と言った。

転校ではなかった。同じ学区内に新しい借家が見つかったのだという。トイレは変わらず汲《く》み取り式だったが、風呂《ふろ》はガスだった。本社の会議で支店がなくならないことが決まって、それならこの町に腰を据えて暮らしたいから、と父親が支店長に頼み込んで引っ越し先を探してもらったのだ。

「まあ、腰を据えるいうても、いつ転勤になるかわからんのじゃけど……」

苦笑する父親に、母親は「ほんま、落ち着かんよねえ」と笑い返した。家で母親の方言を聞くのは初めてだった。

なつみは、新しい家に友だちを招《よ》んで引っ越しパーティーをするんだと張り切って、さっそく招待状をつくりはじめた。

引っ越し先はいまの家とは学校を挟んで反対側だった。学校にはだいぶ近くなる。放課後の野球の練習も一番乗りできるだろう。でも、もう、この近所に来ることはめったにないだろう。

最後に一度だけ、神社に行ってみよう——と決めた。


年が明けた。前の町の友だちからの年賀状は、少年が出した数よりずっと少なかった。その代わり、新しい学校の友だちは予想以上にたくさん年賀状をくれた。〈今年もよろしく〉——どうってことのないあいさつなのに、読んでいると、背中がくすぐったくなってしまう。

引っ越しの前日、歯医者に行くからと嘘《うそ》をついて野球の練習を休み、自転車をとばして神社に向かった。

あれから一カ月半もたっているのに、四つ角をいくつか曲がるうちに、つい昨日も同じ道を通ったような気がしてきた。もしもおっちゃんに会ったら「なにして遊ぶ?」と軽く言えるんじゃないか、とも思った。

おっちゃんは怒るだろうか。そんなことないよな、と思う。おっちゃんはいつだって酔っぱらっていて、おっかない声でうれしそうに笑って、どんぐりのことをたくさん教えてくれて、野球の相手をしてくれて、「どどをくっても、ええやんけ」と言ってくれて……。

神社の前に自転車を止めると、全力疾走で鳥居をくぐった。

おっちゃんはいなかった。

あたりまえだよな、と少年は弾む息をこらえながら苦笑いを浮かべ、鳥居の下の石段に腰かけた。

もう呼吸は整ったのに、息苦しい。自然と顔がうつむいてしまう。

足元に、殻のとれたどんぐりが落ちていた。おっちゃんといっしょに選り分けたどんぐりなのか、関係ないのか、わからない。ただ、この形はクヌギだ。コナラやシイと間違えることはない。これからもずっと。

少年はうつむいたまま、胸を両手で抱きかかえた。おっちゃんに会えたら、話したいことがたくさんあった。最初に伝える言葉と、最後に口にする言葉は、もう決めていた。

でも、おっちゃんは姿を見せなかった。

いつまで待っても、おっちゃんは来てくれなかった。

あたりが薄暗くなった頃、少年はゆっくりと立ち上がった。

雑木林に入って、降り積もった落ち葉を手で払い、コナラの実を一つ拾う。泥をジャンパーの袖《そで》で拭《ぬぐ》い、虫に食われていないのを確かめてから、ズボンのポケットに入れた。

自転車にまたがった。家に帰る五時までには、まだ少し時間がある。ペダルを踏み込んだ。サドルからお尻《しり》を浮かせ、ハンドルを強く握りしめて、海に向かった。

初めての道だったが、一本道だ、迷いはしない。向かい風を浴びて走った。途中で舗装が途切れた。でこぼこした砂利道をせいいっぱいのスピードで駆け抜けた。おっちゃんが二人乗りが上手かった頃は、いつなんだろう。子どもの頃の話だったのか。それとも、おとなになってから、なのか。おっちゃんの後ろに座っていた子は、いま、どこにいるんだろう。

やがて、地響きのような低い音が聞こえてきた。波の音だ。海から吹いてくる北風が、いっそう強くなった。冬の日本海はいつも時化《しけ》ている。終業式の日も、先生は「子どもだけで海には行かないように」と言っていた。

松林に入った。道が途切れ、枯れた松葉がじゅうたんみたいに積もった中を進んだ。

陽が落ちかけた空は松林の梢《こずえ》に隠されて、あたりは急に暗くなった。ライトを点《つ》けると、自転車のペダルが急に重くなった。風が、ごうごう、と音をたてる。松林の梢が揺れて葉が触れ合う音は、まるで土砂降りの雨の音のようだ。

脚が痛くなった。ハンドルを握る手もかじかんで力が入らなくなった。松の木の根っこが地面のあちこちに出ていて、ハンドルを取られそうになる。松葉がタイヤを滑らせる。頬がピリピリする。風に乗って砂が吹きつけてくるのだ。冷たい飛沫《しぶき》も頬に当たる。鼻の先が寒さで、じん、と痺《しび》れた。空はもうほとんど闇《やみ》になっていた。怖い。寒い。全身が痛い。泣きそうになった。

「ええやんけぇは、ええやんけぇ、えーやんけーぇっ！」

自転車を漕《こ》ぎながら怒鳴った。おっちゃんの歌った節回しは覚えていない。でも、おっちゃんの歌だ。おっちゃんがつくってくれた歌だ。

歌のあと、神社で言えなかった二つの言葉を順に、もっと大きな声で言ってみた。いつもはうまく言えない「ゴ」も、怒鳴ればだいじょうぶ。

「サ」は、いつも得意だ。

松林を抜けた。海岸に出た。海沿いの道路とガードレール代わりの背の低い防波堤——その先に砂浜と、海がある。

自転車を止めた。防波堤を乗り越えて、砂浜に降りた。波が白く逆立っていた。浜に打ち寄せた波は白いところがいっぺんに広がり、すぐにまた、ゴムかバネで引っ張られるように戻っていく。ときどき大きな波が来るが、気をつければ、ぎりぎりまで行けないことはない。沖のほうは雲が垂れ込めていたが、ほんのわずかだけ陽が残った空を見上げると、星が瞬《またた》いていた。

ズボンのポケットからどんぐりを出した。右手に握って、海に向かって走る。波打ち際《ぎわ》に近づいた。うまいぐあいに風が少し弱くなった。

三塁線のゴロをナイスキャッチ、一塁に向かって矢のような送球——のつもりで、どんぐりを海に放った。

遠くに飛んでいけ、と願った。

遠くに、遠くに、飛んでいけ、と祈った。

小さな軽いどんぐりは、手から離れるとすぐに風にあおられて、横に飛んでしまった。でも、砂浜に落ちたあとも、どんぐりは風に吹かれるまま転がっていき、波打ち際の斜面に、ころん、と落ちた。

大きな波が打ち寄せて、どんぐりを呑《の》み込んだ。

波が引いたときには、どんぐりの姿は、もう消えていた。

# 北風ぴゅう太

クラス全員に台詞《せりふ》を与えるのが条件だった。難しいなあ、と少年が逃げ腰になると、担任の石橋先生はいたずらっぽい顔で「最後の最後で困ったら、号令をかけさせりゃええんじゃ」と言った。

いち、にぃ、さん、よん、ごぉ……で五人ぶんの台詞。

「どうじゃ、ええアイデアじゃろう」

少年は肩をすぼめて苦笑した。『全員集合』のコントみたいだ。ギャグの大好きな石橋先生だから、ほんとうにその手を使っても、きっと喜んでくれるだろう。

でも、さすがにそれはできない。小学校生活最後の思い出になるお芝居だ。卒業式の前日に全校児童を講堂に集めて開かれる『お別れ会』の締めくくりの演目――六年一組や二組は合唱だったが、三組は劇になった。石橋先生が「合唱じゃと一人ずつの声が聞こえんけえ、つまらんじゃろ」と理屈をつけて、職員会議で勝手に決めてきたのだ。

劇の書き手に少年を指名したのも、石橋先生だった。

気後《きおく》れする少年を職員室に呼び出して、「クラスでいちばん作文が得意なんじゃけん、あたりまえじゃ。やりもせんうちから、ごちゃごちゃ弱音吐くな」とハッパをかけ、しかつめらしい顔をつくって付け加える。

「お芝居の書き方がわからんかったら、テレビを観《み》りゃあええ。ドリフでもマチャアキでもええし、吉本《よしもと》もええ。あとは藤山寛美じゃ、松竹新喜劇じゃ、アホの寛美みたいな子ォはぎょうさんおるけえの、三組には」

職員室にいた他の先生が、くすくす笑った。石橋先生は冗談ばかり言う。歳《とし》は少年の父親より少し若いだけで、体もプロレスラーみたいに大きいのに、テレビやマンガのことにびっくりするほどくわしい。

十月の遠足で、石橋先生はバスの通路を前から後ろまで走りまわって天地真理のヒットメドレーを歌って踊った。九月に転入したばかりの少年は口をぽかんと開けて驚いたのに、クラスのみんなは平気な顔で、待ってましたというふうに笑っていた。

通路を何往復かしたあと、先生は少年の名前を呼んだ。「ひとりじゃないって、素敵なことねェ」と歌いながら、戸惑う少年の手をひいて無理やり通路に立たせた。歌に合わせて、小さな子どもが行進するみたいに、つないだ手を大きく前後に振った。そのときは恥ずかしくてたまらなかったが、いま振り返ってみると、話し相手のほとんどいなかった遠足は、先生の歌に付き合わされてから急に楽しくなった。クラスの仲間が気軽に話しかけてくるようになったのも、そこからだった。

「どげんした？　やっぱりまだ自信ないか？」

石橋先生は少年の顔を下から覗《のぞ》き込み、「おまえの好きなように書けばええんよ。クラス全員に台詞があれば、もうそれで合格じゃ」と言った。そして、もう一言、少し表情を引き締めて――「おまえの台詞も、忘れるなや」。

少年がうつむくと、今度は笑う。「言いやすい台詞をつくりゃええんじゃ」と細い目をいっそう細くする。

少年はうなずいて、先生の机にちらりと目をやった。書類ファイルや採点途中のテストや教育雑誌が乱雑に積み上げられた机の隅のほうに、写真立てがある。先生の家族の写真だ。先生と奥さんに挟まれて、小さな女の子が笑っている。ゆかりちゃんという名前だ。三年前の写真だと同級生の誰かに聞いた。幼稚園の頃ということになる。

女の子はパジャマを着ていた。千羽鶴《せんばづる》が壁にかかっていた。病院のベッドで撮った家族写真だった。

小学二年生のゆかりちゃんは、いまも隣の市の日赤病院に入院している。心臓の病気で、赤ん坊の頃から何度も手術をして、学校にはほとんど通っていない。

先生はなにも言わない。

でも、クラス全員、知っている。

先生はときどき学校を休む。そのときはいつも、ゆかりちゃんの具合が悪いのだ。おとしよりも去年、去年よりも今年と、先生が休む日は増えているらしい。

ゆかりちゃんは来月――三月に、また手術を受ける。成功すれば心臓の具合はいっぺんによくなるが、その可能性は半分以下で、失敗すれば、もしかしたら……そこから先の話は、クラスの誰も、絶対に口にしない。

「まあ、よけいな宿題が増えて大変じゃ思うけど、しっかりがんばれ」

先生に念を押すように励まされ、小さく会釈《えしゃく》して席を離れたら、「おう、そうじゃ」と呼び止められた。

「さっきは口出しせん言うたけど、一つだけ、先生からリクエストじゃ」

「はい……」

「最後を悲しい終わり方にはするなよ。お芝居いうか、嘘《うそ》っこのお話は、途中がどげん悲しゅうても、最後の最後で元気が出んといけんのじゃ。そげんせんと、なんのために嘘っこをするんかわからんじゃろ」

先生は「おまえらの卒業のお祝いの劇なんじゃけえの」と言った。でも、ほんとうは別のことを言いたかったのかもしれない。悲しい終わり方のお芝居を見たくないのは、先生なのかもしれない。なんとなくそんな気がしたから、少年は黙って職員室を出ていった。


六年三組は三十七人いる。男子が二十人で、女子が十七人。テレビのドラマにも、図書室で借りたお芝居の本にも、こんなにたくさん登場人物がいるお話はない。幼稚園の学芸会のように一つの役を何人かで分担すれば、全員に台詞を割り振ることはできるが、四月から中学生なのに、そんなの、いくらなんでもカッコ悪い。がんばるしかない。先生をびっくりさせて、褒められなくてもいいから、喜んでもらいたい。

二月半ば頃に仕上げるはずのお話は、あらすじだけで三月の頭までかかった。『マッチ売りの少女』を元にしてつくった。寒い冬の夜、ヒロインの少女がマッチを一本擦ると、小学校時代の思い出が一つよみがえってくる、というお話だ。これなら、通行人の役と思い出の場面の役で、登場人物を増やせる。

アンデルセンの原作では少女は最後に死んでしまうが、そのままだと先生との約束を守れない。少女の持っているマッチは七本。一年生の入学式から六年生の修学旅行までの思い出で六本使って、残りの一本は未来を照らすマッチだということにした。

少女が七本目のマッチを擦ると、舞台は不意に明るくなり、春の陽射《ひざ》しがまぶしいほど降り注ぐ。少女は着ていたオーバーを脱ぎ捨てる。すると、そこには真新しいセーラー服に身を包んだ中学生がいる――。

ちょっと照れくさいお話だったが、あらすじができあがったときには、やったね、とガッツポーズが自然に出た。

新しい原稿用紙を広げて欄外に〈登場人物一らん表〉と書き付けた。一行目に書くのはヒロインの少女。女子の学級委員の、けっこうかわいくて、じつは片思いの相手の田辺由紀子が演じる。

思い出の場面に登場するのは一年につき三人で、合計十八人。少女に冷たい言葉を投げかけたり、幸せそうな姿を見せつけたりする通行人が十人。由紀子を含めて二十九人の役が埋まった。

残り八人のうち七人はマッチの炎の役だった。「これから、きみに一年生の思い出を見せてあげましょう」から、「これで悲しい夜はおしまいです。明日から、きみは中学生になります」まで、台詞は短くても、赤いセロファンを凧《たこ》のように張ってつくった炎を本物らしく動かすのが難しそうだ。

そして最後の一人は、少女に吹きつける木枯らし。過去のマッチを使いきった少女は、冷たい風にあおられて路上に倒れたあと、七本目のマッチに火を灯《とも》すのだ。

木枯らしは、青いビニール紐《ひも》を貼《は》りつけた両腕を飛行機のようにピンと横に広げて、舞台の上手《かみて》から下手《しもて》へ駆け抜けていく。台詞は一言だけ――走りながら、「ひゅーっ」。

三十七人の中で、いちばん情けない。いてもいなくてもお話にはあまり関係ない、しかし少年にとってはどうしても必要な役だった。

登場人物の最後に〈北風〉と書き、その下に、自分の名前を書いた。

ひゅーっ。

息だけの声で台詞を言ってみて、だいじょうぶだよな、とうなずいた。「ひゅーっ」より「ぴゅーっ」のほうが寒々しい感じは強まるが、「ピ」をうまく言う自信がない。

九月にこの学校に転入してから、吃音《きつおん》がいっそう重くなった。もともと苦手だった「カ」行や「タ」行に加えて、濁音や半濁音も、いまは、何度深呼吸してから言っても、つっかえてしまう。

いつも転校したての時期は、環境が変わるせいか調子が悪い。でも、今回はちょっと長い。長すぎる。低学年の頃とは違って、言葉がつっかえても友だちはあまり笑わない。たいがい知らん顔してくれる。からかったり言葉が詰まるのを物真似《ものまね》したりする意地悪な奴《やつ》は、六年三組にはいない。だから気持ちは楽になっているはずなのに、どもってしまうたびに、胸の奥の、いままでとは違う場所が、ずしんと重くなる。

ひゅーっ、ひゅーっ、ひゅーっ……。

何度か繰り返して、首をかしげた。「ぴゅーっ」のほうがいい、絶対に。でも、試しに台詞を言い換えてみると、急に胸が締めつけられて、「ぴっ、ぴっ、ぴっ……」と言葉がつっかえて先に進まない。

他の登場人物の台詞も、ぜんぶ同じだった。台詞の最初、途中、締めくくり、どこかに必ずつっかえる言葉がある。自分で一所懸命考えてつくった台詞を、言いやすい言葉に書き換えるのは嫌だった。どうでもいい役だから、「ヒ」と「ピ」の一音だけだから、ぎりぎり、許せる。

ひゅーっ、ひゅーっ、ひゅーっ……。

まあいいや、と笑った。「ひゅーっ」と「ぴゅーっ」の違いなんか誰も気にしないって、と自分に言い聞かせた。

お話が仕上がった翌日、石橋先生は学校を休んだ。ゆかりちゃんの具合がよくないらしい。次の日も、その次の日も、先生は姿を見せなかった。「三日つづけて休むんは初めてじゃろ」と、一年生の頃からずっと先生のクラスだった樋口《ひぐち》が言った。

昼休みに、男子の学級委員の松原が「放課後、みんなで祇園《ぎおん》さんに行こうや」と提案した。クラス全員でお金を二十円ずつ出し合って、絵馬に「ゆかりちゃんが早くよくなりますように」と書こう、というアイデアだった。

真っ先に、田辺由紀子が「さんせーい！」と声をあげた。みんなも口々に、行こう行こう、と言った。

少年は自分の席から立ち上がって拍手をした。拍手は賛成や共感を示すしぐさだと、なにかの本に書いてあった。でも、それを知らないみんなは、きょとんとして「なんで拍手するん？」と訊《き》いた。「行こう」と言おうとしたら途中の「コ」がつっかえたから——とは言えなかった。

放課後、急いで家に帰ると、お小遣いの財布を持って、もっと急いで自転車をとばし、祇園神社に向かった。学校から家までは歩いて五分もかからない。クラスでいちばん近い。祇園神社への道順もだいたいわかる。国道を渡って、水門のある用水路沿いに走って、舟入《ふないり》町の交差点を曲がって、古い家が多くて路地が入り組んでいる舟入町の町なかはちょっと自信がないが、そこまで来れば山の上にある祇園神社の鳥居は町のどこからでも見えるはずだ。

自転車を漕《こ》ぎながら、唇を何度もなめた。咳《せき》払いをしたり唾《つば》を呑《の》み込んだりを繰り返した。「あー、あー、あー」と声を出して、なんでだろうな、と首をひねる。「行こう、行こう、行こう」――いまはうまく言えるが、微妙に「コ」がひっかかっている気がしないでもない。

お話をつくるのに疲れてしまったせいか、今日は朝からずっと調子が悪かった。息継ぎをしたわけでもないのに言葉の途中でつっかえるなんて、めったにないことだ。

まだ新しい環境に慣れていない――？

でも、引っ越してきてから半年が過ぎている。小学校六年間で六校目になる転校のペースからいくと、この町で暮らす日々は、もう残り半分になってしまった計算だ。

それとも、母親がときどき言うように、思春期に入ったから――だろうか。思春期には吃音が重くなるひとが多いのだという。だとすれば、中学生になれば、いまよりもっと言葉がつっかえてしまうのだろうか。

中学に入って新しい町に引っ越せば、また自己紹介から始まる。「きよし」の「キ」に苦労しなければならない。すごろくで言うなら「ふりだしにもどる」みたいなものだ。

あ、違うや、と気づいた。四月からもこの町にいたとしても、中学校は三つの小学校がまとまる。どっちにしたって、自己紹介からは逃げられないのだ。

体は風を切って前に進んでいるのに、胸の奥が、ずしん、と重い。痛みも感じた。虫歯がうずくときと似た、根っこが伸びているような深い痛みだった。

祇園神社の真下まで来た。ここからは石造りの鳥居をくぐって、百段近くある急な石段を登る。自転車を鳥居の脇《わき》に止めた。他の子の自転車はまだ一台もない。やったね、と小さくガッツポーズをつくった。一番乗りだ。石橋先生に、ほんのちょっと恩返しができたような気がした。

石段の途中から、海が見えてきた。瀬戸内海だ。人口三万人ほどのこの町は、江戸時代までは漁港として栄えていたらしい。いまは海と町の間に干拓地が広がって、海は高い場所からでないと見渡せないが、舟入町、汐見《しおみ》町、湊《みなと》……集落の名前には港町だった頃の名残がある。

海は陽射しを浴びて銀色に光っていた。石段の脇に植えられた梅の花は、すでに満開の時季を過ぎて散りかけている。すっかり春だ。前に住んでいた山陰地方のK市では、三月の終わりになっても、積もるほどの雪が降る日があった。四月になるまで、日本海は毎日荒れていた。N市にいた頃に見た太平洋はどうだったっけ。もう、だいぶ忘れた。

いろんな町に住んだんだな、と石段を登りながら思う。引っ越すたびに町が小さくなって、田舎になっていったんだな、とつづけて思うと、漢方薬を煎《せん》じて服《の》む父親の背中が浮かんだ。

父親の会社は、この町には営業所しかない。課長のまま、支店から営業所に異動になった――その意味は、少年にもなんとなくわかるようになっていた。父親は最近体調が悪い。頭の地肌に吹き出物がたくさんできていて、漢方薬もあまり効き目はない。ときどき、「ストレスじゃけん、しょうがないんじゃ」と自分に言い聞かせるようにつぶやくこともある。

石段のてっぺんに近づくと、境内からひとの気配がした。話し声や笑い声が聞こえる。「みんな、遊びに来たんと違うんやからね、真剣にお参りせんといけんのよ」と、由紀子の声も。

一番乗りではなかった。境内にはクラスの半分近くが集まっていた。石段を登ってきた少年を見て、田原が「えらかったろう、そげん遠回りして」とあきれ顔で言った。山の裏側から回り込むように神社につづく道があるのだという。距離は少し遠くなるが、自転車で境内のそばまで行けるから、実際には近道になる。

少年は額の汗を拭《ふ》きながら形だけ笑い返して、そっと唇を噛《か》んだ。自分が「よそ者」だと思い知らされるのは、こういうときだ。町の大まかなつくりは覚えても、抜け道や裏道がわからない。それを覚えた頃には——また、転校だ。

全員が揃《そろ》うと、松原がお金を集めて、社務所で一枚五百円の絵馬を買ってきた。書道四段の品川由美子が代表して書いた〈ゆかりちゃんが早く元気になりますように〉のまわりに、全員が名前を書いた。絵馬の裏も使った。底や側面に名前を書いた友だちもいた。「ええか、先生には秘密じゃけえの。絶対に言うなよ」と松原はしつこく念を押したが、みんなもそれはちゃんとわかっている。その証拠に、絵馬を境内の梅の木の枝に結びつけて、本殿の前に整列したときは、もう笑い声やおしゃべりの声は消えていた。

「どうせやったら、順番に一言ずつ、神さまにお願いしようや」と松原が言いだした。

胸がまたうずく。痛みの根っこのありかが、わかった。おちんちんの根元——もっと、もっと、奥のほう。

松原はいい奴だ。勉強もよくできるし、リーダーシップもあるし、野球もうまい。好きか嫌いかで分ければ、好き、だ。でも、今度引っ越して新しい学校に通いはじめたら、思い出の中の松原は嫌な奴になっているかもしれない。

「手術、成功しますように」「ゆかりちゃんが早う退院できますように」「心臓の病気が治りますように」「絶対の絶対のぜーったいに、手術が成功しますように」……みんな一言ずつ言って、少年の番になった。

息を大きく吸い込んで、つま先立って、踵《かかと》を下ろすのとタイミングを合わせて――。

「治って」

声を出したのではない。息といっしょに吐いただけだ。気持ちを込める余裕はなかった。誰もなにも言わなかったが、おちんちんの奥の奥が鈍く痛んだ。

「よっしゃ、そしたらお祈りしようや」と松原が言った。

絵馬を買った残りの二百四十円を田原と山本が賽銭《さいせん》箱に放って、女子の高田と千葉が鈴を鳴らした。

柏手《かしわで》を、二つ。きれいに音がそろった。

礼が終わると、大きな仕事をやり終えたように、みんなほっとした顔になった。ぞろぞろと、おしゃべりしながら境内からひきあげていく。石段のほうに向かうのは少年だけだった。「今日、野球の練習するじゃろ?」と田原が声をかけてきたが、聞こえなかったふりをして、石段を降りた。

先生は、次の日も学校を休んだ。

朝の会のときに、二組の担任の田中先生が教室に来て、午後の授業は学級会にして、お芝居の話し合いをするように——という石橋先生の伝言を伝えた。

「ギャグのシーンは恥ずかしがったらいけん、って言うとりんさったよ。こまわり君になったつもりでアホになりんさい、って」

教室にかすかな笑い声が流れた。でも、笑ったせいでよけい悲しくなったのだろう、みんなうつむいてしまった。

「だいじょうぶよ。ゆかりちゃん、手術が近いけん大事をとっただけなんよ」

誰も顔を上げない。田中先生も「三組はええクラスじゃね」と寂しそうに微笑《ほほえ》んで、それ以上はなにも言わなかった。

五時間目に学級会を開いた。

少年は教壇に立って、何度もつっかえながら、お話の筋を説明した。みんなの評判は上々だった。配役を黒板に書くと、脇役に回された友だちはちょっと不満そうだったが、二、三人の役を入れ替えて、話をまとめた。

ヒロインは、少年の考えた配役どおり由紀子になった。

「これで悲しい夜は終わりです」とヒロインに告げる七本目のマッチの役は、最初は松原だったが、ゆうべ別の男子に書き換えた。松原はヒロインに意地悪なことを言う通行人の役。だって通行人のほうがじつは台詞《せりふ》が多いし、意地悪な演技は難しいんだから、と自分で自分を納得させた。配役を書くときは、どきどきしてしかたなかった。松原は「わし、意地悪な役か、かなわんのう」と笑うだけで、なにも言わなかった。でも、そのあとで少年に「配役は口で言うたほうが早いん違うか？」と言った一言が、仕返しだったのかもしれない――と思う自分が、嫌だった。

少年は、北風。「その役、俺がやりたい」と言いだす友だちはいなかった。

配役は正式に決まっても、お話はまだ完成しているわけではない。小学校六年間の思い出の場面は手つかずだった。少年には、みんなの思い出が、なにもわからないから。

印象に残っている思い出を発表してもらうことにしたら、話はそこから面倒になってしまった。

みんなは次々に思い出を挙げていった。予想よりずっと数が多く、エピソードの内容も入り組んでいて、しかも多数決をとっても票が割れて、なかなか絞り込めない。

「ぜんぶ出したらええん違うか？」

松原によけいな口出しをされて、少年はむっとした。松原はなにもわかっていない。

エピソードをぜんぶ盛り込んだら、思い出の場面だけで、与えられた時間をオーバーしてしまうのだ。

「でも、五年生でこのクラスになるまでは、みんな別々のクラスじゃったんじゃし、思い出もばらばらじゃろうが」

松原が言うと、みんなも、そうだそうだ、とうなずいた。

少年は黙って黒板に向かい、学年別に書き出した思い出を眺めて、一学年につき一つずつ選んで、○をつけた。残りはカット。図書館で借りたお芝居の本に載っていた「ボツにする」というやつだ。

教室のあちこちから、不満の声があがった。ふてくされて、「そげな話じゃったら、もう出んけえの」とそっぽを向く連中まで出てきてしまった。

時間がないからしかたないんだ――言いたくても、言えない。「時間」の「ジ」は、絶対につっかえてしまう。

間に立ってくれたのは、由紀子だった。

「思い出いうんは個人的な話やもん、みんなそれぞれ思い出があるんやから、こういうときは、自分が体験しとらんひとが冷静に判断したほうがええんよ」

かばってもらった。みんなの不満も、それでだいぶおさまった。でも、少年の胸の奥は、ずしん、と重くなる。おちんちんの根元の奥の奥が、もやもやとしてきた。

家に帰って、机の上にノートを広げた。候補に挙がった思い出を走り書きしたメモを見つめると、悔しくてたまらなくなった。

社会科見学のときに誰かがお弁当を芝生の上にひっくりかえして大変だったとか、誰かがスキー教室の帰りのバスでゲロを吐いたとか、よくある話ばかりだ。べつにお芝居で再現するほどの話ではない。でも、少年は、その場にいなかった。みんなは六年間ずっと同じ学校で付き合っているのに、少年が「あったあった、懐《なつ》かしいのう」と相槌《あいづち》を打てるのは、最後の半年分の思い出だけ。まるで、甲子園の高校野球で、大差のついた試合の最終回に補欠の選手がピンチヒッターに出してもらうようなものだ。

昔の友だちに会いたくなった。昔の町に遊びに行きたくなった。山陰地方の冬は、日本海の海鳴りが一晩中聞こえる。人口二百万人を超えるN市は、夜中になってもネオンサインが消えない。新幹線に乗ったことが自慢になるこの町の奴《やっ》らなんて田舎者だ。雪が二センチ積もったぐらいで大雪だ大雪だと騒ぐなんて、山陰地方に連れていったら、みんなに笑われるだろう。

ノートのページをめくって、一年生の頃からの思い出を、浮かんでくるまま書き付けていった。あんなことがあった、こんなことがあった、あんなことがあった、こんなことがあった、あんなこと、こんなこと、あんなこと、こんなこと……。

最初は楽しかったが、しだいにまた悔しくなった。いっしょに話す相手のいない思い出なんて、いくらたくさん持っていたってしかたない。

二年生や三年生の頃なら、悔しさではなく悲しさで胸がいっぱいになって、涙ぐんでしまったかもしれない。

そんなふうに思って、あの頃はどこの町の学校にいたんだっけと振り返ると、悔しさがさらにつのって、つのって、つのって……高い声を出しつづけると最後に裏返ってしまうように、悔しさはやっぱり悲しさに変わった。

ノートをめくる。この町に来てから半年間の思い出を書いた。クラスの友だちに負けないような面白い思い出を選んでいくと、ほんの二、三行で思い出は尽きてしまった。

胸がうずく。ずしん、と重くなる。

居間の電話が鳴った。電話に出た母親は、しばらく話をしてから、少年の部屋に入ってきた。

「今日、お父ちゃん、早めに帰ってくる、って」

「なんで？」

「あんたとなつみに相談することがあるんやて。話が長うなるかもしれんけん、宿題があるんやったら晩ごはんの前にやっときんさい」

「うん……」

ちらりと頭の隅をよぎった予感は、当たった。

夕食前に帰宅した父親は、晩酌のビールを飲む間もなく、少年となつみを居間に呼んで、転勤の話を切り出したのだ。

今度の町は、同じ瀬戸内海沿岸でも、ここよりも何倍も大きい。新幹線の駅もある。国道が何本も交差して、高速道路が延びる計画もあり、インターチェンジの予定地にはすでに工業団地や物流センターができている。

断ることは、いまならできる。ただ、今回の異動を断っても、来年か再来年にはまた転勤になる。逆に、ここで転勤しておけば、おそらく中学の三年間を同じ町で過ごせる。うまくいけば、高校の三年間も——。

「たった半年で転校させるんはかわいそうなけど、中学の途中で転校するよりええんと違うかなあ。なつみも、五年生や六年生になって転校するより、四年生の新学期の最初からのほうがええ思うんじゃが……」

確かに、その理屈はよくわかる。最初は涙ぐんでいたなつみも、「修学旅行は、慣れた友だちと行きたいなあ」と言いだした。

母親が、横から言った。

「高校受験や大学のことも考えたら、やっぱり早いうちに都会に出といたほうがええ思うし……お父ちゃん、今度は支店なんよ。支店長代理、偉うなったんよ」

父親は「わしのことはどげんでもええんじゃ」とさえぎったが、いままでの体調の悪さが消えたように、すっきりした顔をしていた。

「それで、急がせてすまんけど、明日、本社に返事をせんといけんのよ。きよし、なつみ、引っ越ししてもええか？」

先に「ええよ」と答えたのは、なつみだった。

少年は、両親から目をそらして返事をした。自己紹介の回数が少なくてすむ道を、選んだ。

「明日から段ボール箱を集めんといけんねえ」と母親は言って、なつみの頭を撫《な》でた。母親の手はつづけて少年の頭にも伸びてきたが、少年はそれをかわして、居間を出ていった。

自分の部屋に戻ると、さっきのノートの、さっきのページを開いた。ほんの二、三行で終わったこの町の思い出を消しゴムでぜんぶ消してから、あらためてシャープペンシルを走らせた。

秋から冬、冬から春——もう二度と体験することのない、この町の半年間を、丸ごと書き残したかった。どんなに小さな話でも、思いだしたらすぐに書いた。もっと、もっと、もっと……途中からカレンダーを机の上に置いて、一日ずつ、薄れた記憶を絞り出すようにして書いていった。

春から夏、夏から秋——半年分を知らないままで、この町とお別れだ。祇園神社の桜並木が満開になると、山ぜんたいがピンク色に染まるらしい。お盆の『みなと祭り』では花火が百発近く打ち上げられるのだという。友だちから話を聞いて、楽しみにしていただけで、終わった。

それが悔しくて、悲しくて、でもさっきの悔しさや悲しさとは微妙に違う。

半年間の思い出は、ページを埋め尽くした。

ふーう、と息をついて、ページを後戻りさせた。六年三組の友だちの思い出を読み返していくと、自分の話をボツにされて悔しがっていた友だちの顔が次々に浮かんだ。

机の引き出しから原稿用紙を出した。思い出の場面を、最初からすべて、書き直していった。

石橋先生は、けっきょく一週間学校を休んだ。ようやく教室に現れた先生の顔は、少し瘦《や》せて、無精髭《ぶしようひげ》も生えていた。病院にずっと泊まり込んでいたのかもしれない。でも、先生は顎《あご》をさすりながら「ちょっとワイルドになったじゃろう」と得意そうに言う。「うーん、マンダム」と古いギャグをとばして、一人で笑う。みんながあまり笑わなかったので、ガクッとずっこける真似《まね》をして、最後の一言だけ真剣な顔で「心配させてすまんかったの」と言った。

朝の会が終わると、少年は教壇の横の先生の机に呼び出された。

「どんなじゃ、劇のほうは。うまくいっとるか？　ちょっと台本見せてくれや」

ホチキスで留めたガリ版刷りの台本を手渡すと、先生は目をしょぼつかせながら、じっくり読んでいった。無精髭に白いものが交じっていることに気づいた。下まぶたのまわりには隈《くま》もできていた。それでも、先生は途中から、ええぞええぞ、というふうに微笑みを浮かべた。

読み終わった。台本を閉じて顔を上げた先生は、「ようがんばったのう」と褒めてくれた。

少年はおそるおそる、時間がオーバーしそうなことを打ち明けた。どんなにテンポを速くしても、思い出の場面の数を最初の三倍に増やしたぶん、時間がかかってしまう。

先生は台本をめくり直して、何度かうなずきながら「確かに、ちいと長いかのう」とつぶやいた。

「……思い出、多すぎますか？」

「うん、まあ、えらいぎょうさん詰め込んどるようなけど……おまえはどげん思うんな。思い出が多すぎる思うとるんか、これでええんじゃ思うとるんか、どっちな」

少年はしばらく考えてから、「いいと思います」と言った。

「みんなどげん言うとる？　思い出の場面が長すぎる、言うとるか？」

これは少し自信を持って、かぶりを振った。

「楽しそうに稽古《けいこ》しとるか？」

もうちょっと自信を深めて、うなずいた。

すると、先生はあっさりと「ほな、これでいこう」と言った。「五分や六分オーバーしても、かまやせんわい。どうせ三組が最後なんじゃけん」

拍子抜けするぐらい軽い声だった。でも、先生のその声で、その言葉を聞くと、じんわりと勇気が湧《わ》いてきた。

「あと、配役はどげんなった？」

登場人物の一覧表を見せた。

「なんじゃ、おまえ、北風か」

「はい……」

「えらい遠慮深い奴っちゃのう。せっかく苦労してつくったんじゃけえ、もうちいとカッコのええ役にすりゃええのに」

先生は、まあええか、と台本を閉じて、「一つだけ、やり直しじゃ」と言った。「おまえはお話をつくるんはうまいけど、まだ大事なことがわかっとらん」

脇役《わきやく》の名前――だった。

「通行人Aやら通行人Bやら、なんじゃ、それは。おまえ、世の中に『通行人』いう名前のひとがおる思うんか？」

登場人物全員に名前をつけろ、と言われた。友だちの名前をそのまま使ってもいいし、「嘘《うそ》っこ」で考えてもいい。お芝居の中で名前を出す必要もない。ただ、とにかく、名前のない登場人物がいてはいけない。

「あたりまえじゃろうが、通行人いうても、このお話の中でたまたま脇役じゃったいうだけで、そのひとにとっては自分が主人公なんよ。そうじゃろ？　みんながほんまは主人公で、たまたまお話の中で主人公と脇役に分かれただけのことよ。それを忘れたらいけん。せめて名前ぐらい、しっかり付けちゃらんか」

七本のマッチにも名前を付けなければいけない。

「一年生のマッチは、『一年坊主《ぼうず》のマッちゃん』じゃ。二年生は万博の年じゃろ、はいたら『太陽の塔のマチ次郎くん』でよかろう。三年生はスマイルバッジの流行《はや》った年じゃけん『スマイル、マチ三郎』で、四年生はパンダが来たけん、『カンカンランラン、マチマチくん』でいくか……」

少年の演じる北風だって、同じだ。

「ただの『北風』で終わったら、かわいそうじゃろうが。この風はのう、シベリアから吹いてきたんじゃ。日本海を越えて、中国山地を越えて、がんばって吹いてきたんよ。ぴゅーっと吹いてくるヤンチャ坊主の風なんよ」

「はあ……」

「おまえは宮沢賢治の『風の又三郎』知っとるか？　ちばてつやの『ハリスの旋風《かぜ》』もあったろうが。転校生はみんな風のようにやってきて、風のように去っていくんじゃ。おまえにぴったりの役じゃけん、ちゃんと名前を付けてやらんといけん」

引っ越しのことはまだ話していないのに、先生にはぜんぶわかっているんだ、と思った。ずっと病院でゆかりちゃんにつきっきりだったのに、ちゃんとわかってくれている。

「先生」

「うん？」

「名前……先生が……つっ、つっ、付けてください」

いつものようにつっかえてしまったが、いつもの胸のうずきはなかった。

「名前かぁ？　先生が付けるとギャグになるけどのう……」

先生は照れくさそうに腕組みして、少年のために名前をプレゼントしてくれた。

北風ぴゅう太――。

「カッコええじゃろ、名前だけなら主役か思うで」

先生は胸を張って自画自賛した。

少年もうれしかった。でも、同じぐらい悲しかった。名前がぴゅう太なら、台詞《せりふ》は「ひゅーっ」よりも「ぴゅーっ」のほうがいい。絶対に。

「どげんした？　気に入らんかったか？」

少年は黙って、何度も強く首を横に振った。

その日の終わりの会で、少年はクラス全員の役に名前を付けることを発表した。いつもはみんな早く帰りたくてそわそわする教室が、ひさしぶりに盛り上がった。名前が付くだけなのに、しかもお芝居には登場しない名前なのに、みんな本気で、楽しそうに考えた。

マッチの七人は、先生がギャグで決めた名前を変えなかった。得意そうに「先生が付けてくれたんじゃけん」と胸を張って、他の役の友だちをうらやましがらせた。でも、それをいちばん喜んでくれるはずの先生は、教室にはいなかった。午前中で早退した。午後にゆかりちゃんの検査があるから、だった。

四時間目の終わりに、先生は初めて、ゆかりちゃんの病気のことをクラスのみんなに話した。黒板に心臓の絵を描いて、太い血管に×印を付け、赤いチョークで新しい血管——バイパスを描き込んだ。口調は落ち着いていたが、その代わり冗談も出なかった。

手術の日は、一週間後——『お別れ会』の三日前だった。

「手術の前の検査やら準備やらで、これから学校を休まんといかんこともある思うし、ほんま、みんなには迷惑かけてすまんけど、心配せんでええけえの。お芝居の稽古、がんばってやってくれ」

そして、ゆっくりと、教室の端から端まで見渡してつづけた。

「卒業式まで、あと半月ほどじゃ。小学校もいよいよおしまいじゃけえの、一日一日をたいせつに、のう、一瞬一瞬をしっかりと、一所懸命に生きていかんといけんど。ええか。今日は一生のうちでたったいっぺんの今日なんじゃ、明日は他のいつの日とも取り替えっこのできん明日なんじゃ、大事にせえ。ほんま、大事にせえよ、いまを、ほんま、大事にしてくれや……」

最後の最後まで、冗談はなかった。教壇のすぐ前の席の渡辺が、「先生の目ェ、赤かったど」と昼休みに教えてくれた。でも、そう言う渡辺の目も、まわりの女子の目も、赤く潤《うる》んでいた。

クラスのみんなが役名を付け終えた頃、「ユキ」という名前を選んだ由紀子が、「うちの名前、別のに変えてええ？」と言った。

ヒロインは、「ゆかりちゃん」になった。

家にいるとき、少年は、なつみに目をやることが増えた。正確には、なつみと、なつみを見つめる両親の姿だ。なつみはゆかりちゃんの一つ上だが、重い病気を患《わずら》っている子どもはおとなっぽくなるというから、同い歳《どし》でかまわないや、と思う。

なつみがテレビを観《み》て笑う。その笑い方がおかしくて、両親も笑う。なつみが野菜を食べ残すと、母親は軽くにらみ、父親は、ええよええよ、とかばう。

母親と二人でお風呂《ふろ》に入ったなつみが、フィンガー5の歌を歌う。子どものくせにサングラスをかけた晃《あきら》が大嫌いな父親は、居間で少しむっとして、でも「なつみは歌がうまいのう」と、まんざらでもない顔でつぶやく。

なつみが「おはよーっ」と言う。父親に「行ってらっしゃーい」と言い、母親に「行ってきまーす」と言う。

「ただいまーっ」「お帰りなさーい」「いただきまーす」「ごちそーさまでした」「おやすみなさーい」……そんな声が聞こえない石橋先生の家のことを思い、ゆかりちゃんは学校や我が家で過ごした思い出をほとんど持っていないんだと考えると、知らず知らずのうちに目に涙が浮かぶ。

ゆかりちゃんの手術の翌日、石橋先生は学校を休んだ。朝の会に来た田中先生は「手術は終わったけんね」と言ったが、「成功したよ」とは言ってくれなかった。

次の日も、先生は学校に来なかった。『お別れ会』は明日。田中先生は「石橋先生、明日は来るけんね」とも言ってくれない。伝言もなかった。

卒業式の予行演習で、クラス全員の名前を読み上げたのは、三年二組の担任の荒井先生だった。耳に馴染《なじ》みのない声で呼ばれる自分の名前は、なんだか他人のように聞こえる。「ハマザキ」を「ハマサキ」と呼ばれた浜崎は、本気で怒っていた。

放課後、お芝居の最後の稽古をした。いままでいちばん出来が悪かった。由紀子は途中から泣きだしてしまい、意地悪な台詞を「ゆかりちゃん」にぶつける通行人の役の森本美穂も「うち、こげん意地の悪いこと、よう言わんわ」と涙交じりに抗議して……北風ぴゅう太は、喉《のど》が詰まって、か細い「ひゅーっ」しか言えなかった。

みんなで話し合って、お話のラストシーンを変えることにした。もっともっと元気の出る終わり方を少年が考えた。でも、そのラストシーンも、先生が見てくれなければ意味がない。祈るしかなかった。手術のあと先生が学校を休みつづけることの意味は、みんな知っているから、誰も口に出さなかった。

『お別れ会』の当日、椅子《いす》を持って講堂に移動するときになっても、先生は姿を現さなかった。

下級生の合唱や劇の間、少年は何度も後ろの席を振り向いては、先生がいないのを確かめて、ため息交じりに顔を戻した。他の友だちも同じだった。六年三組ぜんたいがそわそわと落ち着きがなかった。でも、そういうことにいつもうるさい教頭先生も、今日はなにも言わなかった。

六年生の演《だ》し物の時間になった。一組と二組の合唱が終わって、司会を務める五年生の放送委員が「次は、六年三組の劇、『希望のマッチ』です」と言った。

昨日の稽古のときより、さらに出来は悪かった。あれだけ練習したのに、みんな声が小さく、動きもぎごちなく、台詞をど忘れしてしまう子もいた。

少年も——北風ぴゅう太も、だめだった。舞台上手《かみて》の緞帳《どんちょう》の隙間《すきま》から客席を覗《のぞ》いて、先生がいないのをあらためて確かめると、寂しさと同時に、胸がまた、ずしん、と重くなった。おちんちんの奥の奥が、鈍く痛む。

出番が近づくと、胸の重さは激しい鼓動に変わった。何度深呼吸してもおさまらず、しまいには膝《ひざ》まで震えてきた。

出番が来た。舞台の袖《そで》から飛び出した。がんばって言うつもりだった「ぴ」がつっかえて、とっさに「ひ」に替えて、「ひゅーっ」——自分の声を自分で聞いた瞬間、ああ、もうだめだ、と思った。先生ごめんなさい、ごめんなさい、ごめんなさい……心の中で叫びながら舞台の下手《しもて》まで駆け抜けた。

台本では、北風ぴゅう太が去るのと同時に、木枯らしに凍えた「ゆかりちゃん」は路上に倒れるはずだった。

でも、由紀子は立っていた。呆然《ぼうぜん》とした顔で客席を見つめていた。

出番を終えて下手の舞台袖にいたみんなも、お芝居をよそにざわついていた。

なにかあったの？　と少年が近くの友だちに訊《き》こうとした、そのとき——。

由紀子が叫んだ。

「せんせーい！」

ジャンプして、手を振った。

石橋先生がいた。講堂に駆け込んで、息をはずませ、肩を大きく揺すって、舞台を見ていた。

笑顔だった。いつものように笑って、笑って、笑って……両手で大きな○印をつくった。

舞台袖から歓声があがる。

由紀子は元気いっぱいに、七本目のマッチを擦った。

舞台に飛び出した「未来にはばたくマチ男くん」の炎は焚《た》き火みたいに勢いよくたちのぼり、オーバーを脱ぎ捨てた「ゆかりちゃん」は、真新しいセーラー服を着ていた。

舞台の照明がいっぺんに明るくなった。ここからは、新しく考えたラストシーンだ。クラス全員、由紀子を中心に舞台に並んだ。色画用紙を継ぎ合わせた大きな横断幕を、男子みんなで広げた。

〈ゆかりちゃん　手術成功おめでとう〉

横断幕は、もう一枚。こっちは女子が広げた。

〈石橋先生　お世話になりました〉

由紀子が指揮をして、クラス全員で、校歌を歌う。その声は、客席にもさざ波のように広がっていく。

北風ぴゅう太は、舞台を駆け下りた。台本にはない、こういうのをアドリブっていうんだっけ。

驚いた顔の石橋先生に向かって、全力疾走。両手を飛行機の翼みたいに広げ、息を大きく吸い込んで、「ぴゅううううううう——っ！」。

言えた。言えた。言えた！

先生の後ろに回って、お尻《しり》を押した。

「こら、おい、どないしたんか、おい、やめんか……」

照れる先生のお尻を、ぴゅう太はぐいぐい押した。息継ぎをして、「ぴゅううううう――っ！」と何度も繰り返しながら、押した。

「かなわんのう、おまえら、ほんま……かなわんのう……」

先生は、ぴゅう太に押されるまま、舞台に近づいていく。校歌の合唱は二番に入った。ぴゅう太はまだ校歌をぜんぶ覚えていないから、みんなといっしょに歌えないから、先生のお尻を押しながら、ただ一心に繰り返す。

ぴゅううううううううううう――っ！

ぴゅううううううううううう――っ！

「もうええわい、おまえら、ほんま、ほんま……ほんま、おまえら……」

先生は鼻をぐじゅっと鳴らして、駆け出した。ぴゅう太と同じように両手を広げ、

「ぴゅーっ！」と声をあげて、どたどたした走り方で舞台に向かう。客席は爆笑した。

先生も洟《はな》をすすりあげて、笑いながら、広げた両手をひらひらさせた。

ぴゅう太は先生を追いかける。大きな背中を追いかける。

冷たいしずくが飛んできて、頬に触れたような気がした。でも、それは、由紀子たちが舞台の上から客席にまきちらす、折り紙を切って作った桜の花びらだったかもしれない。

ゲルマ

友だちの話をしよう。

少年が中学二年生の一学期に出会った、ちょっと迷惑な友だちの話だ。

気が合って友だちになったわけではない。いい奴《やつ》だ、というふうにもあまり思わない。もしも、なにかの拍子で中学二年生の日々をもう一度繰り返すことになったら――あいつとは友だちにはならないんじゃないかな、という気もする。

それでも、人生はただ一度きりで、中学二年生の一学期もただ一度きりで、少年は確かにあいつと友だちだった。あいつが言うように「親友」だったかどうかは、よくわからないけれど。

友だちと、友だちの友だちと、少年のお話だ。

ゲルマと、ギンショウと、少年のお話――。

「親友にしちゃる」

ゲルマはいきなり少年に言った。「よかったのう、感謝せえよ」といばって胸を張り、「親友なんじゃけん」と、机の横のフックに掛けた少年のカバンから勝手に数学のノートを取り出して、宿題の答えを自分のノートに書き写しはじめた。

近くの席でおしゃべりをしていた女子の何人かが、ひどーい、というふうにゲルマを見た。かわいそう、という顔で少年を見る女の子もいた。

ゲルマは鼻歌を歌いながら、宿題を写す。英語と日本語の交じった、聴いたことのない歌だった。

「キャロルいうて、おまえ、知っとるか」

書き写す手を休めずに、言った。

一瞬思い浮かんだのは『不思議の国のアリス』の作者だったが、たぶん――九十九パーセント、そのキャロルではないだろう。ゲルマはマンガしか読まない。学期ごとにおこなわれる校内の読書感想文コンクールで入学以来三期連続して金賞をとった少年とは、違う。

「エーちゃんとジョニーがおるんよ。知らんのか？」

「……うん」

「もう解散したけどの、兄ちゃんが大好きで、わしも大好きなんよ。『ファンキー・モンキー・ベイビー』やら『ルイジアンナ』やら、おまえ、ほんまに知らんのか？」

ロックバンドの話をしている、のかもしれない。

少年が黙り込んでしまうと、ゲルマは初めてノートから顔を上げ、「返事ぐらいせえや」と太い眉《まゆ》をひくつかせて軽くにらんで、それからへへッと笑った。

「今度、兄ちゃんからテープ借りてきちゃるけん」

「……サンキュー」

「親友なんじゃけん、あたりまえじゃ」

ゲルマがまたいばって胸を張ったとき、授業の始まるチャイムが鳴った。数学の井原先生はいつもすぐに教室に入ってくる。そして、宿題を忘れると、いつも黒板用のコンパスでお尻《しり》を叩《たた》く。

「お、ヤバい」

短くつぶやいたゲルマはノートを閉じて席を立った。「ちょっと貸しとけや。写したら返しちゃるけん」と言って、少年の返事を待たずに自分の席に戻っていった。

少年は中腰になって、ゲルマの背中に手を伸ばした。届かない。「返せよ」とも言えない。「返せよ」の「カ」がつっかえてしまう。あわてて別の言葉を探しているうちに、井原先生が教室に入ってきて、「宿題、やってきたか？」とコンパスで肩を叩きながら言って……ノートは結局、返ってこなかった。

授業が終わると、隣の席の成瀬美紀《みき》が「なんで先生に言わんかったん」と少年を責めるように言った。

「ええよ、もう」

少年はそっけなく答える。お尻にはコンパスで叩かれたときの痛みがまだ残っている。叩かれる寸前に腰を引いたせいで、お尻と太股《ふともも》の間にコンパスが当たった。痛いのだ、そっちのほうが。

「井原先生のアレ、体罰やけんね。ほんまは問題になるんよ」

成瀬美紀は、先生の立ち去ったあとの教卓をにらむ。

「痛うないよ」と少年は言った。

「でも、ピシーッて音がしたやん」

「……痛うなかったって言うとるやろ」

オンナって面倒くさくてしかたない。いつも思う。細かいことばかりぐちゃぐちゃ言って、いつでも自分が正しいんだと思い込んでいて、実際「正しい」か「正しくない」かと分けるなら、「正しい」ことしか言っていないのだが、だからやっぱり面倒くさい——成瀬美紀は、特に。

ゲルマがノートを持って少年の席に来た。

「おう、悪い悪い、返そう思うとったんじゃけど、タイミングが合わんかったんじゃ、勘弁せえや」

ケロッとして笑うゲルマから、成瀬美紀は、ふん、というように顔をそむけた。

「お詫《わ》びいうたらアレじゃけど、わし、おまえのあだ名を考えてやったんじゃ。さっき、ずーっと考えとったんよ」

「……なに？」

「おまえ、どもるけえ、ドモじゃ」

有無を言わせない、ねじ込むような口調だった。

「よかろうが？　すぐわかるあだ名じゃけん」

上機嫌に笑いながら、「のう、ドモ」と少年の肩を叩く。

「ちょっと、藤野くん」

成瀬美紀が声をかけた。女の先生が小学生を叱《しか》るときのような口調で、「そういうあだ名、いけんのよ」とつづける。

「なんな、ナルチョには関係なかろうが」

成瀬美紀にナルチョとあだ名を付けたのも、ゲルマだった。一年生のときから二人は同じクラスだった。ふだんは「ナルチョ」、口喧嘩《くちげんか》になったら「ナルチョメンチョ」――メンチョとは、女のひとのあそこ、のことだ。

「関係あるやん、クラスの中のことやもん」

「男子と女子は関係ないんじゃ、アホ、ナルチョメンチョ」

成瀬美紀――ナルチョは、すぐにカッとする。短気で怒りっぽくて気が強くて……ちょっと可愛《かわい》い。

「ひとの傷つくあだ名はいけんのよ！」

少年は思わずうつむいた。顔がカッと火照《ほて》るのがわかった。胸の鼓動が速くなる。リズムがつっかえて、息が詰まる。

でも、ゲルマはきょとんとした顔で訊《き》き返した。

「なんで？」

ナルチョから少年に目を移して、「どもりじゃけえドモ、あたりまえのことじゃろ？」と訊く。「ほいじゃったら、ドモちゃんにしたほうがええか？」

少年のうつむく角度はいっそう深くなってしまった。ゲルマはわざと怒らせようとして言っているわけではない。そういう性格だ。少年にもわかる。おとなの言う「悪気はない」というやつなのだ。

「のう、ドモ。おまえ、ドモで傷つくかぁ？」

「藤野くん、ちょっと……」

「うるせえのう、どもりはどもりじゃろうが。ほんまのことなんじゃもん。わし、嘘《うそ》ついとらんど。のう、ドモ、おまえほんまに傷ついとるか？」

少年は黙ってかぶりを振った。ゲルマともナルチョとも目を合わさなかった。ゲルマは、ほらみろ、というふうに笑って、怒ったナルチョは、今度は少年から顔をそむけた。

ゲルマが返したノートの表紙に落書きがあった。リーゼントに逆三角形のサングラスをかけたツッパリが、「悪利餓斗」としゃべっている。悪利餓斗——ありがと。少年はクスッと笑った。落書きはシャープペンシルで薄く描かれていたが、消しゴムはかけなかった。

中学二年生が始まったばかりだった。造船所と魚市場のある瀬戸内地方のこの町に引っ越してきて、二年目に入った。

少年を「親友」と呼んだのは、ゲルマが初めてだった。

一年生の頃は、ゲルマとはクラスが違っていた。一学年七クラスある大きな中学なので、クラスが違ってしまうと、付き合いはほとんどない。しかも、少年は一年一組で、ゲルマは七組。長い廊下の端と端だったので、去年は廊下ですれ違うことさえなかった。

それでも、少年はその頃からゲルマを知っていた。あんな奴と同級生になったら嫌だなあ、と思っていた。

ゲルマは学年の有名人だった。褒める友だちは誰もいない。男子からも女子からも嫌われている。でも、本人は友だちがたくさんいるつもりで、毎日楽しく、元気いっぱいに、まわりのヒンシュクを買いながら過ごしている。

「小学校の頃から、あげな調子よ。本人は目立っとるつもりでも、なんちゅうか、素直すぎるいうか、アホすぎるいうか、単純なんよ」

高橋は冷ややかに笑った。目が悪くて、レンズが渦巻きのような分厚い眼鏡をかけている高橋は、ゲルマに「ウズマキ」というあだ名を付けられている。

「犬が電信柱にしょんべんするじゃろ、ここは自分の縄張りじゃいうて。それと同じよ。みんなに好き勝手にあだ名を付けて、自分のほうが偉いんじゃ思いたいんよの」

と話に加わった丸山は、小学二年生の社会科見学でバスに酔って吐いてしまったせいで、「ゲロヤマ」と名付けられていた。

でも、そんな二人も、面と向かってゲルマに文句をつけることはない。うっとうしいし、嫌いなのに、それをゲルマがぜんぜん気づいていないから、困る。「ウズマキ」でも「ゲロヤマ」でも、あまりにもあっけらかんと名付けられてしまうと、かえって怒るきっかけを失ってしまうし、なにより――。

「ゲルマの兄ちゃん、怖いけん」

二人は口をそろえて言った。高校二年生のゲルマの兄貴は、中学時代は学校をシメていた。いまも、市内でいちばん柄の悪い工業高校で、二年生なのに三年生よりいばっているらしい。

小学生の頃のゲルマは、いつも兄貴のお尻にくっついて歩いていた。「一郎」と「二郎」という名前のわかりやすさそのままに、兄貴に命令を言いつけられたら絶対服従、その代わりゲルマがいじめられたら、すぐに兄貴が仕返しする。

「番犬と同じじゃ思えばええんよ。ゲルマはたいして強うないけど、兄貴がおるんじゃけえ、おまえになにかあったら兄貴が守ってくれるよ」

「ほんまほんま、犬は吠《ほ》えるしウンコするし、面倒くさいじゃろ。ほいでも、役に立つときはあるんじゃけえ」

二人はそんなことを言いながら、ゲルマが「おい、ドモ、英語の宿題やってきたか？」と少年のほうに近づいてくるのを見ると、あわてて逃げだす。ちょっと見え見えの逃げ方だったのに、ゲルマは気にも留めずに少年からノートを受け取ると、「けっこう多かったんじゃのう、宿題」とつぶやいた。「写しきれんかもしれん」

「……メモ、あるけど」

少年は自分のノートとは別に、ルーズリーフにメモ書きした宿題の答えを手渡した。

「おう、ラッキー。どげんしたんか、これ」

「下書き」

「ドモ、おまえ、宿題に下書きやらするんか？」

「うん……まあ……」

「頭のええ者はやっぱり違うのう、偉い偉い。そしたら、このメモ借りていくけん」

ゲルマはほんとうに鈍感な奴なのだ。

ウズマキとゲロヤマは、ゲルマが立ち去ったのを確かめると少年のそばにひょこひょこと戻ってきて、「ほんまにかなわんのう」「迷惑な奴じゃけえのう、あいつは」と言う。

おまえらのほうが、よっぽどうっとうしくて面倒くさいよ——。

少年は心の中で吐き捨てる。声には出さない。つっかえる音はなくても、言わない。中学生になって、そういうときが増えた。一年生の頃と比べても、いまのほうがずっと無口だ。思っていることの十分の一、しゃべるかどうか。それをもどかしいとも、最近はあまり思わなくなっていた。

「親友かあ……」

ウズマキは首をかしげながら言って、「ゲルマも、ようそげな恥ずかしい言葉つかえるよ」と笑った。

ゲロヤマも、ほんまほんま、とうなずきながら、ちらりと教室の隅を——ゲルマのいる場所とは逆の、窓際《まどぎわ》の最後列の席を見た。

新学期が始まって以来、ずっと空いている席だ。

気がつくと、ウズマキもその席に目をやっていた。

少年もだいたいのことは知っている。その席に座るはずの同級生は誰なのか、そして、なぜ、ずっと空いたままなのか。

「ゲルマの親友は、ギンショウじゃったんじゃけどのう……」

ウズマキはぽつりと言った。

「吉田《よしだ》じゃないの？　あそこ」と少年が訊くと、ゲロヤマは「吉田のことをギンショウいうんじゃ」と答え、「おまえ、ゲルマとギンショウのこと、知らんのか？」と訊き返した。

少年はあいまいにうなずいた。

「そしたら、ゲルマがなんでゲルマになったかも知らんのか」

「……うん」

「しょうがなかろうが」とウズマキが言う。「こんなん、中学になってから入ってきたんじゃけえ」

自分がよそ者だと思い知らされるのは、こういうときだ。

「ゲルマのゲルマは、ゲルマニウム・ラジオのゲルマなんよ」

ウズマキが言うと、ゲロヤマが「早口言葉みたいじゃのう」と笑った。たいして面白くなかったが、少年も付き合って笑った。そして、二人がかわるがわる話す、ゲルマとギンショウの話にじっと聴き入った。

ゲルマとギンショウは、幼稚園の頃からの付き合いだった。家がすぐ近所だったこともあって、ゲルマの兄貴とゲルマとギンショウは三人兄弟のように遊んでいたのだという。

ギンショウは、おとなしくて、体が小さくて、すぐに風邪をひいたりおなかを壊したりして、勉強もスポーツもあまりできない。そんなギンショウを、ゲルマは怒ったりどやしつけたりハッパをかけたりしながら、他の連中には絶対にいじめさせなかった、という。

「兄貴のほうは小学校の高学年になったら、ギンショウのことを相手にせんようになったけど、ゲルマは世話好きじゃけん、ギンショウみたいにしょぼくれた者が身近におったら、ほっとけんのよ」

わかるような気がする。

「まあ、ギンショウは半分うっとうしそうじゃったがの」——それも、なんとなく。

ゲルマは機械いじりが好きだった。自分の好きなことは「親友」にも押しつけずにはいられない性格でもある。

「ハンダゴテもおそろいで親に買《こ》うてもろうて、二人でゲルマの部屋にこもって、ごちゃごちゃやりよった。どげん考えても、ギンショウはしかたなしに付き合わされとったんじゃけど」

四年生の夏休み、ゲルマは一人でゲルマニウム・ラジオをつくって、市の子ども科学展に応募した。結果は、銅賞。ゲルマは大喜びして、いままで「フーさん」だった自分のあだ名を「ゲルマ」に変えた。なんだか悪の秘密結社みたいだ、とみんなの評判は悪かったが、そんなことを気にするようなゲルマではなかった。

つづく五年生の夏休みは、ギンショウのつくった一球ラジオ——真空管を一つ使ったラジオが、子ども科学展に入選した。今度は、銀賞。ゲルマは自分のことのように、去年よりもっと喜んで、「よっちゃん」だった吉田のあだ名を「ギンショウ」に変えた。

「自分のことのように、いうて……あたりまえじゃ、自分でつくったラジオなんじゃけん」

「ゲルマ、自分でラジオをつくって、ギンショウの名前で勝手に応募したんよ。そんなの、誰が見たってわかるわい」

ウズマキとゲロヤマは顔を見合わせて、苦笑した。

少年も苦笑いを浮かべる。なんで——とは訊かない。ゲルマだ、ゲルマだ、やっぱりゲルマだ、ほんとにゲルマなんだよなあ、と心の中でつぶやいた。

「ゲルマは、ギンショウのことを、天才じゃ天才じゃ言うて、褒めまくっとったけど、ギンショウは困っとった。ほんまに、困っとったんよ……」

科学展で入選して以来、ギンショウはゲルマを避けるようになった。教室にいても元気がなく、誰かが話しかけてもほとんど笑わない。「ギンショウは照れとるんよ、いままでひとから褒められたことがなかったけん」と言うゲルマの鈍感さを、みんなは陰で笑うだけだった。

五年生の終わり頃から、やっとギンショウはいままでどおりにゲルマと付き合うようになった。

ゲルマの忘れ物が急に増えたのは、その頃からだ。家に忘れるだけでなく、朝は確かに机の中にあったものも、午後にはなくなってしまう。整理整頓《せいとん》しないからだ、とゲルマは先生にしょっちゅう叱《しか》られていた。

話が急に飛んだな――と一瞬いぶかった少年は、次の瞬間、あっ、と息を呑《の》んだ。

「五年生の頃は、ゲルマの物だけじゃった」とウズマキが言った。

「わしらの物まで盗むようになったんは、修学旅行のあとじゃったのう」とゲロヤマが言った。

六年生の五月に九州に出かけた修学旅行のときも、ゲルマは小遣いをなくした。財布に入れてあった五百円札がなくなったのだ。

「もしも」とウズマキは言った。「ゲルマが修学旅行のときに大騒ぎしといてくれたら、そのほうがよかったん違うかのう、ギンショウにとっても」

ゲロヤマもうなずいて、「もうみんな薄々勘づいとったけえの」と言った。

でも、ゲルマはそのことを黙っていた。誰にも話さず、騒がず、土産なしで家に帰って、小遣いはぜんぶジュースを買って遣ったと言って、母親に叱られた。

修学旅行が終わると、ゲルマ以外の同級生の持ち物もしばしばなくなった。シャープペンシルや消しゴム程度だったが、やがてよその教室でも同じように「物がなくなった」と訴える声が出てきて……秋には、給食費や学級費までなくなるようになった。

みんなは、もう、ギンショウが犯人だと決めてかかっていた。一度あいつを取り囲んでランドセルの中を開けさせよう、と言う奴《やつ》もいたし、すぐに先生に教えたほうがいい、と言う奴もいた。

ゲルマだけ——ギンショウをかばった。「そげなことあるわけなかろうが」と笑いとばして、しつこくギンショウを疑う奴は端からぶん殴っていった。

「ほいでも……やっぱり、犯人はギンショウじゃったんよ……」

ギンショウと母親が最初に学校に呼び出されたのは、六年生の二学期。そのときには注意だけですみ、給食費や学級費を盗まれた同級生には、先生が犯人の名前を言わずにお金を返した。

でも、その後もギンショウの盗みはつづいた。

「ああいうんは病気と同じなんよ。叱られて治るいうもんと違うて、母ちゃん言うとった」

母親は何度も学校に呼び出された。秋の終わり頃には父親も呼び出された。先生は毎週のように家庭訪問して、ギンショウと二人でいろんな話をした。

それでも――だめだった。

中学の入学式の翌日、ギンショウは町のスーパーマーケットで万引きをして捕まった。今度やったら施設に送られるぞ、と警察や親に厳しく叱られた数日後、同じスーパーマーケットでまた補導員に腕をつかまれた。

警告どおり、ギンショウは隣の市にある施設に送られた。結局、中学で授業を受けたのは二日か三日しかなかった。

施設に入る前に、ギンショウはいままで表沙汰《おもてざた》になっていなかった盗みのこともすべて打ち明けた。ゲルマの修学旅行の小遣いのことも、その話で初めてわかった。なくしたことになっていたゲルマのシャープペンシルやキーホルダーやメモ帳も、ギンショウの部屋の机の、鍵《かぎ》の掛かる抽斗《ひきだし》の中から見つかった。

ゲルマは小遣いのことを黙っていた理由を先生に訊《き》かれて、「落としたと思うて、恥ずかしいけん言わんかった」と答えたらしい。抽斗に隠されていた自分の物についても、「これはギンショウにやったんじゃ」「落としたんをギンショウが拾うたんよ」「わしのと違うわ、こげなボロっちいの」と言い張って、親や先生を感心させたりあきれさせたりした、という。

「ゲルマはギンショウのこと、ほんまに好いとったけん……べつにホモとは違うけどの」

ウズマキは無理やりオチをつけ、「ゲルマには言うなよ、いまの話」と釘《くぎ》を刺した。ゲロヤマも、「ドモはギンショウのことを知らんけん、ゲルマも親友にしたんかもしれんの」と言った。

話を終えて立ち去る二人の背中を、少年は黙って見送った。

ゲルマの声が聞こえた。つまらないダジャレを言って、一人で大笑いしていた。

少年は「アホじゃの」とつぶやいて、少し笑って、ため息をついてみた。表情とも呼べない中途半端《はんぱ》なその顔が、いまの気分にいちばんぴったりきた。

ゴールデンウィークの直前になって、「ギンショウが帰ってきた」という噂《うわさ》が教室に流れはじめた。

五月に入ると、ギンショウの家の二階の窓に明かりが灯《とも》っているのを、尾崎が見た。柳井《やない》は、ギンショウの家にいたずら電話をかけたらギンショウが出たんだ、と興奮しながら小声で話していた。声が低うなっとったけど、あれは絶対にギンショウじゃった、と。

プリントの余りが乱雑につっこまれていた机は、連休中にきれいにされた。廊下のロッカーには、担任の岩下先生の字で書いた名札が貼《は》られた。

クラスのみんなは、ちらちらとゲルマの様子をうかがう。でも、ゲルマは知らん顔で、休み時間のたびに「ドモ、ドモ」と少年の席に行き、トイレに誘ったり購買部への買い物に付き合わせたりする。

無理している。それはもう、クラスのみんな、わかっていた。「本人はばれとらん思うとるんじゃけえ、ほんま、アホじゃのう」とウズマキたちは笑っていたが、少年は違うことを考えていた。ギンショウが学校に戻ってきたとき、ゲルマが昔どおりに口をきいてくれなかったら、すごく悲しいだろうな、と思う。でも、おせっかいなゲルマに妙に優しくされると、それもすごく悲しいだろう。転校のベテランの少年も、一度出ていった学校に戻ったことはない。懐《なつ》かしいのに昔のままというわけではなく、施設で反省して新しい毎日を始めようと思っても、まわりはみんな見知った顔――というのは、どんな気分なんだろう。そんなことを思うと、こっちまで胸が締めつけられる。

五月半ば、ゲルマは家からカセットテープを持ってきた。四月に話していたキャロルのテープだった。

「兄ちゃんのテープ、無理言うて借りたんじゃけえ、絶対になくしたり壊したりするなよ」

いつものように休み時間に少年の席に来て、いつものように——自分が勝手に「貸してやる」と言ったことも忘れて、恩着せがましく、いばる。

そんなのだったら、借りなくていいから。言い返してやりたかったが、面倒だったし、「借りなくて」の「カ」がつっかえるのが嫌だったので、黙ってテープを受け取ろうとした。

すると、ゲルマは「お預け」をするように、テープを持った手を引っ込める。しぐさも、表情も、それから「のう、ドモ」と言う声も、少し怒っていた。

「おまえ、言いたいことあるんなら言えや、のう」

「……なにが？」

「いつも、おまえ、口元をもごもごさせて、黙るじゃろ。そういうの見とると腹が立つんじゃ。男じゃったら、言いたいこと言やあよかろうが」

口元がもごもごと動く——？ 自分では気づいていなかった。

「どもるけえ、黙るんか？」

「……そういうんじゃないけど」

「のう、ドモ。おまえ、なしてどもるようになったんか」

真顔で訊いてくるゲルマの後ろで、ナルチョが、信じられない、という顔でこっちを見ていた。

「カ行とタ行がいけんじゃろ、おまえ。あと、濁音いうんかの、それもどもるじゃろ。ほいでも、他の言葉じゃったらふつうにしゃべれるじゃろ？ 面白えもんじゃのう、どもりいうんは」

素直に感心されて、「なんかの役に立たんのか？」と屈託なく笑われたから、つい、少年も笑い返してしまった。ほんとうに鈍感で、無神経で、ムッとすることも多いけれど、不思議と嫌な気分にならないのは、なぜだろう。

ナルチョの視線は、ゲルマから少年に向く。信じられない——驚きと腹立たしさの矛先《ほこさき》も、少年に移ったようだった。

「そういやあ、ドモはわしのこと、ゲルマいうて呼んだことなかろ？ 『ゲ』がどもるからか？」

図星だった。ゲルマといっしょにいても、できるだけ名前を呼ばないようにしている。どうしても呼ばなければならないときは、「藤野」ですませる。

ゲルマは「ふーん……」と低くつぶやき、しばらく考え込んでから、急に声をひそめて言った。

「そしたら、ギンショウもいけんのか」――初めて、少年の前でその名前を口にした。

「うん……いけん」

「調子のええときじゃったら言えるとか、そげなもんとは違うんか」

「うん……」

「ほいでも、名前呼べんかったら困るじゃろ。もし、わしの苗字がカ行やタ行じゃったら、どげんするんか」

「……呼べん」

「友だちになれん、いうことか」

「……それは、わからんけど」

「ほいでも、名前を呼べんかったら友だちになれんじゃろうが」

あまりにも単純なゲルマの言いぶんに、どう応《こた》えていいか迷っていたら、ゲルマは勢い込んでつづけた。

「ドモ、ええこと考えたで。おまえ、しゃべるかわりに紙に書けばええんじゃ、のう、そうしたらどもらんですむし、言いたいこと言えるし、ドモは作文が得意なんじゃけん、なんぼでも書けようが」

単純さを通り越して――アホだ、と思った。

ナルチョが「藤野くん」と強い声で言った。「あんた、そういうの名誉キソンいうんよ、知っとるん？」

「なんな、ナルチョメンチョのくせにうるせえのう」

「藤野くんがひどいことばっかり言うからいけんのよ、かわいそうやと思わんのん？」

その言葉を聞いた瞬間、少年は思わず机を両手で叩《たた》いた。

「そんなことない！」

怒鳴り声も、勝手に出た。

言葉はもっとつづくはずだった。ナルチョの言う「正しいこと」をぐちゃぐちゃに踏みつぶしてやるつもりだった。でも、興奮して息が詰まると、声も喉《のど》につっかえてしまう。咳《せ》き込むようなうめき声が漏れて、あとはもう、唇や顎《あご》がひくつくだけだった。

ナルチョはビクッと肩を揺らして、逃げるようにそっぽを向いた。

ゲルマは、きょとんとしていた。

「ドモ、なに吠《ほ》えよるん？」

不思議そうに言って、ナルチョを振り向いて、「おまえ、なんか怒らせるようなこと言うたんか？」と訊いた。

ナルチョは黙って席を立ち、女子が集まっておしゃべりしているベランダへ小走りで向かった。

ゲルマは今度は少年を振り向いて、「おまえ、なんか怒らせるようなこと言うたんか？」と訊いた。

そういう奴なのだ、とにかく、ゲルマは——。


キャロルを聴いてみた。カセットテープのケースには、雑誌から切り抜いた写真が入っていた。革ジャンにリーゼントのツッパリたちだった。

でも、テープに入っている音楽は、意外とメロディーがきれいだった。歌詞がいい。おまえが好きだとか愛してるとか、ぜんぜんたいしたことは歌っていないのに、日本語と英語をごちゃ混ぜにした歌は——しかも、その英語はほとんど中学生でもわかるような単語ばかりだったから、よけいに、耳に気持ちよく響く。うらやましいな、と思う。歌いたいことがあるのなら、日本語に英語を交ぜてもかまわない。そういうふうにしゃべれたらいいな、と思う。「カ」行と「タ」行と濁音で始まる言葉をすべて英語にしてみたら……。

バカだな、と笑う。

ゲルマがあの日ギンショウのことを口にした理由は、一週間後、中間テストの最終日になってわかった。「ドモ、野球部は今日まで休みなんじゃろ、いっしょに帰ろうで」と無理やり少年を誘ったゲルマは、家のすぐ近くまで来てから、あの日と同じように、不意に「ギンショウのことじゃけど……」と話を切り出したのだ。

「ドモ、ギンショウと友だちになっちゃれや」

「はあ?」

「おまえとギンショウ、絶対に気が合うけん、友だちになれ」

「……なに言うとるんな」

「『ギンショウ』て呼べんかったら、『吉田』でも『よっちゃん』でもええ、明日からギンショウが学校に来るけん、ドモが最初に話しかけちゃれ。ええの」

返事が遅れると、いきなりヘッドロックをかけられた。奇襲攻撃だったので逃げられなかった。

「いまからギンショウの家に連れてっちゃるけえ、今日のうちに親友になっとけや。のう、それでええか?」

頭を腕で締めつけながら言う。本気で力を入れているわけではない。照れ隠しのつもりなのかもしれないし、冗談も半分あるのだろう。でも、制服の袖《そで》のボタンが坊主《ぼうず》刈りの頭に当たって痛い。

「やめえや、痛えけん、やめえや……」

「親友になるか? 『なる』言うたら、許しちゃる」

急に腹が立ってきた。少し乱暴に首を振ると、ゲルマの腕はあっけなくはずれた。

「藤野、おまえ、ええかげんにせえよ」

体を起こしてゲルマをにらみつけた。

「なんじゃ、こら、ドモ……」とゲルマもにらみ返してくる。

しばらく無言で向き合っていたら、ゲルマの家の玄関のドアが開いて、ツッパリの連中が何人も出てきた。

先頭にいた男が、「なにしよるんな、二郎」と濁った声で言った。「喧嘩《けんか》か？　おう、こら、二郎に喧嘩売りよるボケがおるんか？」

ゲルマの兄貴だった。学生服の前をはだけて、剃《そ》り込みを入れたオールバックの髪を手で撫《な》でつけながら、肩を揺すって二人に近づいてくる。

「……兄ちゃんには関係ないけん」

ゲルマがうつむいて答えると、兄貴は「おまえは黙っとれや」と軽く――でも、バシッ、と音が聞こえるほど強く、ゲルマの頭をはたいた。

ゲルマは両手で頭を押さえて、二、三歩よろけながらも、「兄ちゃんには関係ないんじゃけん」と言い返す。兄貴は地面に唾《つば》を吐いてそれを聞き流し、少年に向き直った。

「おまえら、ここでなにしよったんか。喧嘩と違うんか。わしら二階から見とったけんの、嘘《うそ》言うたらしばき倒すど」

少年は黙って、兄貴の後ろにいる連中を見た。ツッパリは全部で五人。みんな高校生ふうだったが、一人だけ、体の小さな、制服を着ていない奴《やつ》がいた。坊主頭だから、中学生だろうか。ツッパリの連中に紛れ込んでいるから悪そうに見えるだけで、ゲルマを見て、すっと目をそらすときに、いかにも気の弱そうな頼りなげな表情が浮かんだ。

まさか——と思っていたら、兄貴は顎をしゃくり上げて言った。

「おまえ、名前、なんちゅうんか」

「……白石……です」

「下は？　下の名前はどげんいうんか」

きよしの「キ」が——言えない。深呼吸をして、吐き出す息の勢いを借りて言おうとしても、怖くて怖くて、深呼吸ができない。

兄貴は眉《まゆ》をひくつかせた。細く剃って吊《つ》り上げた眉だ。「聞こえんのか、こら」と低い声で言われて、あわてて、胸に息がほとんどないタイミングで声を出してしまった。

「……きっ、きっ、きっ……きっききききき……」

ツッパリたちは、「なんじゃこいつ」と大声で笑った。兄貴も笑った。ツッパリにくっついている気の弱そうな奴も、笑う。

泣きたくなった。そのあと、こいつらぶん殴ってやる、とも思った。ゲルマの兄貴はいい、高校生の奴らもべつにいい、ただ、あの中学生に笑われたのが、むしょうに悔しくて、悲しくて、悔しくて、悲しくて……やっぱり最後は悲しくて、泣きたくなった。

「笑うな！」

怒鳴ったのは——ゲルマだった。

兄貴は一瞬たじろいだが、すぐにゲルマをにらみつけて、「二郎、おまえ、誰に口ききよるんな」と眉をさらにいらだたしげにひくつかせた。

ゲルマはかまわず、少年の手をつかんで「行くど」と引っ張った。さっきのヘッドロックよりずっと強い力だった。大股《おおまた》に、最後は駆け出すように、家に向かう。兄貴が「二郎、あとでぶち殺しちゃるど！」と怒鳴ったが、ゲルマは振り向きもせずに玄関のドアを開け、少年を家の中に突っ込むように入れるとすぐ、顔だけ外に出した。

「ギンショウ！　ラジオ見せちゃるけん、こっち来いや！」

返事は聞こえない。ツッパリたちの笑い声がいくつも重なって響いただけだった。

ゲルマはドアを閉める。狭い玄関に二人でくっつくように立って、顔を見合わせた。

「……いまおったんが、ギンショウじゃ」

少年は黙ってうなずいた。「あのアホが、施設で倍ぐらい悪うなって帰ってきたんじゃ」と吐き捨てる言葉にも、黙って、小さくうなずいた。

「ドモ、上がれや」

「……うん」

「ラジオ見せちゃるけん」

ゲルマは靴を脱ぎ捨てて、上がり框《がまち》のすぐ先の階段をのぼっていった。少年はあとにつづいて階段をのぼる。途中で「さっき、サンキュー」とゲルマの背中に声をかけたが、古い階段は踏み込むたびにキイキイと軋《きし》んで、その音に邪魔されて聞こえなかったのだろう、ゲルマはなにも応えなかった。

四畳半の部屋には、金物臭いにおいがたちこめていた。ハンダを溶かしたにおいだとゲルマは言う。

机の上には、作りかけの小さな機械があった。風呂《ふろ》の水が溜《た》まると鳴るブザーを作っているのだという。「母ちゃんに三百円で売っちゃるんじゃ」と笑って、「部品代にもなりゃあせんけどの」と付け加えるゲルマの体は、教室にいるときより一回り大きく見える。

本棚にはラジオ工作や無線の雑誌が並び、押入からゲルマが出してきた箱を開けると、少年にはがらくたにしか見えない部品がぎっしり詰まっていた。

コンデンサー、トランス、抵抗、ヒューズ、バリコン、ダイオード、トランジスタ、コイル、ターミナル、ワッシャー、ビス、ベーク板……。

ゲルマは箱の中の部品をいちいち指差して名前を教えてくれたが、少年が興味のない顔をしているのに気づくと、「ドモは本しか読んどらんけえのう」と少し寂しそうに言って、押入から別の箱を取り出した。

木の板と、さっき名前を教わったばかりのベーク板がL字型に組み立てられて、小さな部品がいくつか配線されている。

「四年生のときにつくったラジオじゃ。科学展で銅賞しかとれんかったけどの」

予想していたよりずっとちゃちだった。とてもラジオには見えない。ダイヤルのつまみはベーク板に付いていたが、スピーカーはないし、スイッチもない。ベーク板の横から延びているコードの先にはコンセントのプラグがあったが、穴に差し込む金具が片側しかなかった。このプラグがアンテナになるのだという。家の中の配線をアンテナにして電波を拾う仕組み――と言われても、少年にはちんぷんかんぷんだったのだが。

「聴いてみるか?」

ゲルマはプラグをコンセントに差し込んで、イヤホンを少年に渡した。

「スピーカーを鳴らすんじゃったら乾電池を付けんといけんけど、イヤホンだけなら、なんも要らん」

「ほんま？」

「おう、そこがゲルマニウム・ラジオのええところなんよ」

電源なしのラジオ——聴くのは生まれて初めてだし、そんなものがあることさえ知らなかった。半信半疑でイヤホンを耳に入れると、ほんとうだ、音が確かに聞こえる。クラシック音楽。ＮＨＫだろうか。

「トランジスタや真空管に比べると雑音だらけじゃけどの、ほいでも、小学四年生にも作れるんじゃけえ、電池代もかからんし、ええラジオじゃ」

ゲルマはダイヤルをゆっくりと回した。それにつれて、聞こえる局も変わる。

「……すげえ」

思わずつぶやくと、ゲルマは「夜になって電波の状態が安定してきたら、韓国やらソ連やらの局も入るんじゃ」と得意そうに言った。

電源がなくても、ラジオは聞こえる。海を渡って飛んできた、目に見えない電波をつかまえて、話し声や音楽にする。いつもはあたりまえに聴いているラジオが、とんでもなく不思議な機械のように思えた。そして、話し声や音楽は、ふだんはただ聞こえないだけで、この部屋にも、部屋の外にも、街じゅうに、空いっぱいに、いつだって流れているんだと知った。

息を吸う。聞こえない話し声や音楽が胸に流れ込む。息を吐く。言えずに胸に溜まっていた言葉が、息に溶けて、電波のように遠くまで飛んでいけばいい。誰かが、どこかで、ラジオのようにそれを声に変えてくれたら、すごく、いい。

少年がこんなにラジオを気に入るとは思わなかったのか、意外そうな顔になったゲルマは、そのままの顔で、「兄ちゃんと、ずーっと絶交しとるんじゃ」——急に話を変えた。

少年はイヤホンを耳からはずした。ゲルマは、へっ、と鼻で笑ってそっぽを向いて、「ギンショウもアホじゃし、兄ちゃんもアホじゃ」と言う。「アホとアホが仲良うなるんは、あたりまえの話じゃけどのう……」

噂《うわさ》どおり、ギンショウはゴールデンウィークの直前に家に帰ってきていた。先生は連休明けからすぐにでも学校に出てくるように言ったが、ぐずぐずと休みつづけて、日が暮れてから街に遊びに出るようになって、ゲルマの兄貴たちの仲間になった。

「最初は兄ちゃんも、ガキの頃の連れじゃけえ思うて相手にしてやっとったんじゃけど、遊んでみりゃあ、もう、悪い悪い、その日のうちに煙草《たばこ》屋で万引きしたんじゃけえ、兄ちゃんもびっくりしとったわ」

少年は、さっき見たギンショウの顔を思い浮かべた。気の弱そうな奴だったのだ、ほんとうに。でも、「弱い」と「悪い」はべつに矛盾しない。むしろ、同じグループの、とてもよく似た言葉同士なのかもしれない。

「それで、藤野、ほんまに明日から吉田は……」

「来るの？」の「ク」がつっかえそうになったら、ゲルマはうまく先回りして、「ギンショウの母ちゃんがウチの母ちゃんに、そげん言うとった」と言った。「これ以上、兄ちゃんらとぶらぶら遊びよったら、ほんまにまた施設に戻されるけえの」

「うん……」

「じゃけん、友だちが必要なんよ」――話がふりだしに戻った。

「学校に行っても友だちがおらんかったら、ぜんぜん面白うなかろうが。そしたらまた、手癖が悪うなるよ。そうじゃろ？　ほいでも、昔のことを知っとる者とは、ギンショウも素直には付き合えんじゃろうが。ドモしかおらんのよ、おまえだけなんよ、ギンショウの親友になれるんは」

そうじゃない、それは違う。言いたいけれど、言えない。

「ええアイデアがあるんよ」

「アイデアって？」

「来月、学校で読書感想文のコンクールがあるじゃろうが。ドモが、ギンショウの作文も書いてやるんじゃ。おまえ、ずーっと金賞をとっとるんじゃけえ、たまには譲ってやってもよかろうが。まあ、おまえじゃったら、作文二本書いて、二本とも金賞になるかもしれんけど、そしたらもっとええことじゃろ？　わし、ギンショウに自信つけさせてやりたいんよ。ギンショウいうて中途半端《はんぱ》じゃったけえ、いけんかったんよの。今度はキンショウじゃ、そしたら、あいつ、自信さえ持てば、ほんまになんでもできる奴なんじゃけえ、わし、信じとるけえ……のう、ドモ、どげん思う？　ええアイデアじゃ思わんか？　なんちゅうか、友情じゃろう、これが」

ぜんぜん違う。おまえは間違ってる。つっかえるのが怖いわけではないのに、言えない。口元が、もごもごと動くのがわかる。ゲルマがそれに気づいていることも。

ゲルマは、もうギンショウの話は口にしなかった。

「ジュースかなんか飲むか？」

「……もう、ええよ、家に……」

「カ」が少しつっかえたが、なんとか「帰る」と言えた。

ゲルマは「ほんまにどもりいうんは、面白えもんじゃのう」と笑って、少年を無理には引き留めなかった。

ギンショウは次の日、学校に来た。坊主《ぼうず》刈りに真新しい――前の日にはなかった剃《そ》り込みが入っていた。詰襟の学生服のカラーをはずし、ボタンもはずして、ズボンは渡りがふくらんで裾《すそ》がすぼまったボンタンだった。

クラスのみんなは誰もギンショウに声をかけられなかった。昔の話がどうこうというより、ツッパリそのままの雰囲気に呑《の》まれてしまったのだ。

「施設に入ると、まわりは悪い奴らばっかりじゃろ。かえってそっちに染まる者もおるんじゃ」とウズマキが訳知り顔で言って、ゲロヤマは「心の弱い者ほど、そげんなるんじゃろ」ともっと知ったふうな口をたたき、二人そろって、ちらちらとゲルマを盗み見る。

ゲルマは不機嫌だった。ムスッとした顔で、ギンショウの席のほうには目を向けようとしなかった。

待っているのかもしれない。休み時間に少年に声をかけてくることもない。

るのを、あいつはじっと待っているのかもしれない、と少年は思う。ギンショウに話しかけて、友だちになっているのは、ギンショウが昔どおりに自分のそばに戻ってくること、なのだろう。

少年は休み時間になっても席を立たなかった。昼休みはウズマキたちとグラウンドでサッカーをして、放課後はダッシュして教室を出て、野球部の練習に向かった。

次の日も、次の日も、さらにその次の日も……一週間ずっと、同じだった。

ギンショウを夕方、駅前の商店街で見かけた、と野口が言った。工業高校のツッパリたちの尻《しり》にくっついて喫茶店に入っていくところだった、という。梅津は、夜九時過ぎに原付バイクに二人乗りしているところを見たらしい。

次の日も、次の日も、さらにその次の日も……二週間目も、ギンショウは誰にも声をかけられず、誰にも声をかけなかった。

ゲルマはずっと、ギンショウのことも少年のことも無視していた。おかげで、少年はキャロルのカセットテープを返せなくなった。毎日、カバンに入れて登校して、今日こそタイミングを見て返そうと思っているのに、とにかくゲルマは一瞬たりともこっちに目を向けない。

六月に入ると、ギンショウは遅刻することが増え、給食を食べ終わるとさっさと早退するようになった。

ギンショウの母ちゃんが校長室で先生たちと話していた、と富山が言った。ギンショウの制服のポケットに煙草が入っているのを見た、と森田が言った。

雨が降った。三日間、降りつづいた。四日目は降ったりやんだりの天気だったが、気象台は梅雨入りを発表した。

五日目も雨――始業時間間際《まぎわ》に教室に駆け込んだゲルマは、左目のまわりにどす黒いアザをつくっていた。

騒がしかった教室が、ゲルマのケガに気づいた奴《やつ》らから順に静かになっていく。誰かが「ゲルマ、どげんしたんか」と訊《き》いたが、ゲルマはなにも応《こた》えず、自分の席を素通りして、少年の席に来た。

「ドモ……今日が最後のチャンスじゃけえの」

脅しをかける口調ではなかった。冗談の気配もない。感情を押し殺したような、低く、ひらべったい声だった。

そのまま、ゲルマは自分の席に戻った。近くにいたウズマキの眼鏡をはずしてからかい、教室の空気がゆるむと、誰よりゲルマ自身が安心したように「兄ちゃんとひさしぶりに大喧嘩《おおげんか》したで」と笑った。「あげなクソ兄貴、早う少年院にでも入ってもらわんと、この町まるごと無法地帯になるけんのお」

ギンショウはまだ来ていない。今日も遅刻だ。ゲルマはウズマキたちを相手にプロ野球の話をしながら、たぶんあいつが学校に戻ってきて以来初めて、空いたギンショウの席をじっと見つめていた。

一時間目の授業が終わると、やっとギンショウが姿を見せた。いつものように教室中を険しい目つきでひとにらみして、肩を揺すりながら自分の席に薄っぺらなカバンを叩《たた》きつけるように置いて……いつもとは違って、椅子《いす》には座らず、ゲルマを振り向いた。

「おう、二郎」――兄貴と同じように、ゲルマを呼んだ。

「わりゃ、キャロルのテープ、一郎さんの部屋から盗んだろうが。わしが借りることになっとるんじゃけえ、早う返せや」

少年は自分の席に座ったまま、身をこわばらせた。キャロルのテープ――いまになって気づいた、ゲルマが兄貴と絶交していたのなら、まともに借りられるはずがなかったのだ。

カバンの中にある。今日も持ってきている。はじかれたようにゲルマを見た。ここにあるぞ、と目配せしたかった。

でも、ゲルマはギンショウをにらみ返して、「そげなもん、知るか」と言った。「好きでもないキャロルやら、なして盗まんといけんのな、アホ」

「……カバチたれんなや」

ギンショウは気色《けしき》ばんで、ゲルマに一歩、二歩と近づいていった。

迎え撃つ格好のゲルマも椅子から立ち上がり、「ギンショウのくせに、えらいリッパになったもんじゃのう」とせせら笑った。そして、もう一言――「泥棒に泥棒言われとうないわ！」

教室は一瞬ざわっと波立って、すぐにしんと静まり返った。

「藤野くん！」ナルチョが甲高い声で言った。「すぐに謝り！　そげなこと言うたら、いけんのよ！」

ゲルマはナルチョを振り向いて、「メンチョは黙っとれ」と言った。まなざしは少年にも触れそうになったが、その前に別の女子の悲鳴が響き渡った。ギンショウが、ポケットから彫刻刀を取り出したのだ。

少年は机の横のフックからむしるようにカバンを取った。それを両手で胸に抱きかかえて、「あった！　あった！　あった！」と叫びながら、ゲルマとギンショウの間に割って入った。

「藤野！　あった！　あった！　あったけん！」

カバンを開けて、カセットテープを出した。カバンを抱いたまま、手に持ったテープを高々と掲げ、その場に飛び跳ねて、「キャロルのテープ！」――と言うつもりだったが、実際には、「キ」も「テ」もつっかえて、「キャッ、キャッ、キャッ、キャキャキャロルの、テテテテテテープ！」になってしまった。

少年はギンショウに駆け寄った。ほら、ほら、ほら、とテープを見せた。あるじゃろ、あったじゃろ、と笑ったのに、ギンショウは顔をゆがめ、体を低く沈めて、頭から体当たりするように彫刻刀を――少年に突き立てた。


ゲルマとギンショウと少年のお話は、これでおしまいだ。

あとは、いくつかの後日譚《たん》。


ギンショウがみんなの前に姿を見せたのは、あの日の、あの休み時間が最後だった。騒ぎを聞いて駆けつけた先生たちに取り押さえられたギンショウは、そのまま校長室で少年課の刑事たちに囲まれることになった。

器物破損と窃盗と、放火――。

ゆうべ、ギンショウとゲルマの兄貴たちは、どの店もシャッターを降ろしたあとのアーケード街でシンナー遊びをして、自動販売機を荒らして金を盗んだあと、停めてあった原付バイクを金属バットや鉄パイプでうっぷんばらしに叩き壊したすえに、火を点《つ》けて燃やしてしまったのだった。

ゲルマは兄貴の帰りを徹夜で待ちかまえていた。明け方になってようやく帰ってきた兄貴をつかまえて、これ以上ギンショウを悪い道に誘わないでくれと頼み込み、聞き入れてもらえなかったので殴りかかって、返り討ちに遭ったのだ。

警察の取り調べで、いままでの恐喝や万引きや無免許運転は、すべてばれた。ゲルマの兄貴たちは保護観察や無期停学ですんだが、ギンショウは再び施設に送られてしまった。

ギンショウは、少年たちが卒業するまで学校に帰ってこなかった。家はいつのまにか空き家になっていて、いつのまにか新しい家族が暮らしていた。だから、あいつのその後のことは誰も知らない。

ギンショウの彫刻刀が刺さった少年のカバンには、えぐられたような穴が空いた。小さいけれど深い傷だった。もしもカバンを胸に抱いていなかったら危なかった。ギンショウが施設に送られた理由の一つは、それだ。

少年はその後もしばらく、ギンショウが彫刻刀をかまえる姿を思いだしては、ぞくぞくっと背筋を震わせた。でも、もっと時間がたったあとに記憶にいちばんはっきりと残っているのは、その前の、少年が駆け寄ったときのギンショウのゆがんだ顔だった。おびえていた。半べそをかいているようにも見えた。あいつは気の弱い奴だったのだ、ほんとうに、悲しくなるほど。

ギンショウの事件のあと、ゲルマと少年は「親友」同士の付き合いはしなくなった。ゲルマは少年がギンショウと友だちにならなかったのをずっと怒っているようだったし、逆に、少年に対して負い目をずっと感じているようでもあった。

でも、少年との関係のぎごちなさを除けば、ゲルマはあいかわらずゲルマだった。鈍感で、無神経で、みんなのヒンシュクを買っていることにすら気づかず、毎日楽しそうに過ごす。少年もあいかわらず「カ」行と「タ」行と濁音をうまくしゃべれなかった。言いたいことを呑み込んで黙りこくるときには口元がもごもごと動くのも――これはたぶんいまも、変わらない。

少年と疎遠《そえん》になってしまった同級生は、もう一人いる。

ナルチョは、あの事件以来、おせっかいな「正しいこと」を言わなくなった。言葉がつっかえて笑われる少年を、横から口出ししてかばうこともない。その代わり、ふつうに話しかけてくることもなくなった。

あとになって、女子の誰かに言われた。

「白石くん知っとった？　ナルチョ、白石くんのことが好きやった思うよ。みんなでウワサしとったのに、自然消滅したやろ」

そのときには、嬉《うれ》しさと寂しさと照れくささと悔しさが入り交じって、どんな顔をすればいいのかわからなかった。

でも、もっとあとになって、少年は思い直す。ナルチョが好きだったのは、ほんとうはゲルマだったのかもしれない。なんとなく、そのほうがいいよな、とも思う。


六月の終わりに開かれた校内の読書感想文コンクールで、少年は四期連続の金賞を逃した。

「本の選び方がいけんかったのう。感想文の出来もいまひとつじゃったし、もうちいと中学生らしい本を選ばんと金賞にはならんぞ」

審査員を務めた国語の太田先生は、少年に銀賞の賞状を渡しながら言った。

少年が選んだ本は、『泣いた赤鬼』——妹のなつみが持っていた小学生向けの童話集の一冊だった。

でも、少年はどうしても、『泣いた赤鬼』の感想文を書きたかったのだ。ゲルマとギンショウのことを思い浮かべながら書いた。人間と仲良くなりたい赤鬼と、赤鬼のために憎まれ役を買って出る青鬼。感想文の最後は、「青鬼になるのは難しい。ぼくの友だちは、青鬼になりたかったのになれなかった」と締めくくった。太田先生はそこに赤ペンで線を引き、「?·?·意味不明」と書いていた。

中学三年間で合計九回あったコンクールで金賞をとれなかったのは、その一回きりだった。友だちはみんな「惜しかったのう」と言ってくれたが、少年はぜんぜん——いまだって、ぜんぜん、後悔していない。


後日譚の、後日譚。これで最後だ。


ゲルマと少年は、三年生のクラス替えで、一年生のときのように長い廊下の端と端に分かれてしまった。

少年はゲルマに言わなければいけない「ありがとう」と「ごめんな」を胸に残したまま、中学を卒業して、県立の進学校に進んだ。

ゲルマは工業高校の電気科に入学した。入れ替わりに工業高校を卒業した兄貴は、大阪に出ていってヤクザになったという噂《うわさ》を聞いた。

高校時代のゲルマに一度だけ、街で会ったことがある。

二年生の秋だった。学校の帰りにアーケード街を自転車で通っていたら、ツッパリのたまり場になっていたインベーダーゲームのある喫茶店から、工業高校の連中がぞろぞろ出てきた。

ヤバいな、と通りの反対側の端によけようとしたら、「おう、ドモ！」と声をかけられたのだった。

ゲルマは、いつかの兄貴のように、制服の前をはだけて、髪をオールバックにして、眉《まゆ》をひくつかせていた。

でも、仲間を振り向いて「ちょっと待っといてくれえやあ」と言う声は、ゲルマが兄貴ほどツッパリの中では偉くないんだと教えてくれた。間近に来て「ひさしぶりじゃのう、おう、ドモ」とすごみを効かせても、無理して目つきを悪くしているのがわかる。

「おまえ、まだどもりよるんか？」――そういうところだけは、昔と変わらない。

少年は苦笑して、「うん、まあ」とうなずいた。

「かなわんのう、一生どもりまくらんといけんのか。おまえ、就職やら結婚やら、できるんか？」

「さあ……」と少年は、また笑う。

その笑い方が――ゲルマではなく、連れの奴らの癇《かん》に障《さわ》った。

「わりゃ、Y高のくせに、なに偉そぅに笑いよるんな」と一人が気色ばんで、「横着じゃのう、名前言えや、名前、家に火ぃ点けちゃるけえ」と別の一人が脅しをかけて、さらに別の一人が言った。

「ウジノ、こいつ、しばいちゃれや」

藤野ではなく、ウジノ、だった。

「おう、それええのぅ」最初の奴が黄ばんだ歯を見せた。「ウジ、おまえもなんぼウジでも、Y高の者になめられとったらいけんじゃろ、そげん示しのつかんことしとったら、ほんまにウジになるど」

ウジ虫の——ウジ。

ゲルマは仲間にへへッと笑った。鈍感で無神経なゲルマの笑い方ではなかった。ゲルマはもう知っている。自分の立場も、自分の弱さも、なにをすれば仲間に気に入られて、なにをすれば見捨てられてしまうかも。

ゲルマは少年に向き直った。眉を寄せて険しい顔をつくる前に、一瞬、泣きだしそうに顔がゆがんだ。あの日のギンショウと同じ、だった。

少年はうつむいてゲルマから目をそらし、「ラジオ、まだやりよるんか?」と訊《き》いた。

ゲルマはなにも答えない。その代わり、仲間たちに「早うせえ、早うせえ」とせっつかれても、手を出してこない。少年も顔を上げない。ゲルマは、動かない。

少年は黙って、自転車のペダルを踏み込んだ。ツッパリたちの不意をついて奴《やつ》らの前を走り抜けて、殴りかかってきても逃げられる距離をとってから、ブレーキをかけた。

息を吸い込んだ。大きく、深く。

「……ゲッ、ゲッ、ゲッ……ゲルマ！　ほいじゃあ、またの！」

手を振った。バイバイ、と大きく手を振ってから、自転車を漕《こ》いだ。「ぶっ殺すど！」「なめとるんか！」とツッパリたちの怒鳴り声が背中に突き刺さったが、かまわずスピードを上げた。

後ろを振り返った。べつに本気で怒っていたわけではないのだろう、ツッパリたちはもう少年にかまわず、喫茶店の前に停めた自転車や原付バイクにまたがるところだった。

ゲルマだけ、その場に残っていた。

ズボンのポケットに手をつっこんで、うつむいて、上目づかいにちらりと少年を見て、小さくお辞儀をするように、またうつむいた。

それが、ゲルマとの最後の思い出だ。

二人はその後、再び会うことはなかった。ゲルマの消息はわからない。中学時代の友だちの誰かに訊けば教えてくれるかもしれないが、たとえいま会っても、なにを話せばいいかわからないから、放っておいている。

でも、おとなになった少年は、タクシーに乗ってカーラジオがかかっていると、ゲルマのことをいつも思いだす。

「ラジオって、不思議ですよね」と運転手に話しかけるときもある。

運転手はたいがい、「はあ……」と気のない返事をするだけなのだが。

# 交差点

大野は制服姿のまま、部室の脇《わき》の水飲み場でユニフォームを洗っていた。ホームルームが長引いて練習に遅れた少年は、部室に駆け込もうとして大野に気づき、「おう、洗濯か？」と声をかけた。大野の返事はない。振り向きもしない。蛇口をいっぱいに開いていた。勢いよく流れ落ちる水が三和土《たたき》に撥《は》ねて、飛沫《しぶき》が開襟《かいきん》シャツを濡《ぬ》らしても、大野は蛇口を締める気配もなく、ユニフォームの布地を両手で、一心にこすり合わせる。

ユニフォームの胸に、ローマ字で綴《つづ》った中学の名前があった。背番号は5。六月の市内大会以来、一度も使っていないはずの試合用のユニフォームだ。

少年は洗い場の横に回り込んで、「大野、なにしよるん」と訊《き》いた。

「……汚れてた」

水音に紛れそうな小さな声で、大野は言った。あいかわらず少年には目を向けない。

ユニフォームを洗う手も休めない。

「汚れとったいうて……マサ、洗濯しとらんかったんか？」

「してたけど、汚れてた」

背番号5の上に、足跡がついていた。覗《のぞ》き込んでみると、他の場所にも、たくさん。

そういうことか、とわかった。

「マサもアホじゃけん」

少年はわざと軽く笑った。あんまり気にするな——と言いかけて、「キ」がつっかかりそうな予感がして、別の言葉に言い換えようとしたら、その前に大野がぽつんと言った。

「正岡だけじゃないよな、これ、いろんな足跡ついてるから」

「……うん」

「俺、背番号14でもよかったんだけど」

三年生の部員は六月の市内大会まで十三人だった。六月の終わりに転校してきた大野が入部して、十四人になった。

「そんなことない」少年は言った。「レギュラーはレギュラーの背番号でええんじゃ」

大野はマサからサードのレギュラーポジションを奪った。来月——八月に開かれる県体予選には、大野が背番号5、マサは六月の大会まで二年生がつけていた背番号14で出場することになる。

顧問の富山先生がそれを発表したのは、一週間前だった。六月の大会のあとユニフォームを家に持ち帰ったままだったマサに、先生は「二中との練習試合までに持ってきて、大野に渡しちゃれ」と言った。

練習試合は明日の土曜日。ぎりぎりになるまでユニフォームを渡さず、やっと渡したら土足で踏み荒らした足跡だらけ——マサの気持ちは、少年にも、なんとなくわかる。でも、それ以上に、そんなユニフォームを渡された大野の気持ちのほうがわかる。

「野球は、じっ、じっ、じっ……」

「実力？」

「うん……それ、その世界じゃけん、マサのことはほっとけばええよ」

言葉がつっかえたあとは、息が切れてしまう。気恥ずかしさに目が泳ぎ、身振り手振りが妙に大きくなってしまう。

大野はクスッと笑って、「サンキュー」と水を少しゆるめた。「明日、ゲッツー取れるといいな」

そうだな、と少年も笑い返す。少年の背番号は4。セカンド。ランナー一塁でサードゴロ、サードからセカンドでランナーを封殺して、身をひるがえしてファーストに送ってゲッツー成功……。憧《あこが》れていた。マサがサードのときには一度もできなかったが、大野とならうまくいくかもしれない。マサより大野のほうがずっとうまい。バッティングも守備も、誰が見たって大野のほうが上だ。

八月の県体予選は、三年生にとっては最後の大会だった。市でベスト4に残れば九月の県大会に進めるが、負ければそこで引退になる。六月の大会は二回戦で負けた。ベスト4ははるかに遠い。それでも、一試合でも多く勝ち進みたい。一日でも長く野球部にいたい。

だから——少年はもう一度、言った。

「野球は、実力の世界なんじゃけん」

今度はつっかえなかった。といっても、今日一日のトータルでは、濁音の成功率は三割ほどだ。「カ」行と「タ」行の音が頭につく言葉は最初からあきらめているし、途中で「カ」行や「タ」行が出てくるときも、すばやく別の言葉に言い換える。野球で言うならピンチヒッターを送るようなものだ。

「大野、あとで……しようで」

キャッチボールのジェスチャーをした。大野は「洗濯終わったら、すぐに行く」とうなずいた。

「そしたら、先に……」

制服をユニフォームに着替える身振りをすると、大野も「わかった」と言った。

部室に入って服を着替えながら、少年は息だけの声で、キャッチボールキャッチボール、着替え着替え、とつぶやいた。ひとりごとならうまく言える。それが逆に、むしょうに悔しい。

グラウンドに出ると、一年生と二年生の部員が一斉に「ちわーす！」と帽子を取って挨拶《あいさつ》をした。どんな顔をして応《こた》えればいいか、引退間際《まぎわ》になっても、まだ決めかねている。笑って挨拶を返すと三年生の威厳がなくなるが、知らん顔でいるのも、けっこう気疲れしてしまうものなのだ。

三年生は大野以外の全員が揃《そろ》っていた。練習前のお遊びのキャッチボールをしたりマスコットバットで素振りをしたりする連中から少し離れたところに、マサがいた。二年生にトスさせたボールを力任せに打って、一年生に全力疾走で捕りに行かせている。

少年がそばに来たことに気づくと、マサはバットをかまえたまま「シラ、おまえ、大野に甘いんと違うか？」と言った。「さっき部室の横でなにしゃべりよったんな」

「……ユニフォームのこと」

「おう、あれか」とってつけたように笑う。「落としてしもうたんよ。わざとと違うで」

「足跡、いっぱいあったど」

「そんなん知らんて」

強い打球が、ゴロになって一年生たちの間を抜けていく。

「のう、マサ。野球は……じっ、じっ、じっ……」

「実力、か？」

「おう、それ、それなんじゃけん」

「わかっとるわい、そげなこと」

「そしたら、大野に意地悪するなや」

「しとりゃせんて」

「ユニフォーム踏んだろうが」

「……シラもしつこいのう。そげん、わしに意地クソの悪いことをさせたいんじゃったら、セカンドに移っちゃろうか？」

一瞬、少年は息を呑《の》んだ。マサは確かに、大野には負けた。でも、少年とマサを比べたら、マサのほうが上手《うま》い。

「嘘《うそ》じゃ、嘘。いまさらセカンドになるぐらいなら、サードの補欠のほうがまだましよ。こっちにもプライドがあるんじゃけえ」

ほっとする――そんな自分が、少し嫌だった。

マサの打球は、今度はライナーでグラウンドのフェンスを越え、田んぼに落ちた。あわてて外に出た一年生は、トレパンの裾《すそ》を膝《ひざ》までめくり上げて、田んぼに入ってボールを探す。

マサはやっと少年を振り向いて、「トレパンの頃も懐《なつ》かしいのう」と笑った。「シラは田んぼに落ちたボールを探すんが上手かったよの」

「ザリガニに足を挟まれたん、マサじゃった？」

「違う違う、ヤッさんよ、それ。わしは朝永《ともなが》さんに目ぇつけられて、背中にウシガエル入れられたんじゃ」

あったあった、と少年も笑う。二つ上の朝永さんは、ほんとうに、くだらないいたずらばかりするひとだったのだ。

「のう、シラ」マサは真顔になって言った。「わしら、みんな、トレパンの頃から一緒にやってきたんで？」

「うん……」

「わし、自分が補欠になったからいうて怒っとるんと違うよ。ただの、最後の最後になって、ちょろっと横から入ってきた者がレギュラーになるんは、やっぱり、おかしいじゃろ……」

マサはそれだけ言うと、二年生に新しいボールを放らせて、また力任せに打ちはじめた。

少年は黙って、他の三年生のもとに戻っていった。

練習用のユニフォームに着替えた大野が、部室から出てきた。前の学校で使っていた白い袖《そで》のアンダーシャツを着ている。この学校の野球部は、アンダーシャツの袖は黒だ。いままでは、袖の色なんてべつにどうでもいいだろう、と思っていたが、あらためて見てみると、色の違いが気になってしかたない。後輩たちが大野に挨拶する。他の三年生のときより声が小さい。帽子のツバに黙って手を添えるだけの二年生も、いた。

中学に入学するときに引っ越してきて、三年目になる。一つの町にこんなに長く住んだのは初めてだ。まだみんなが学校に慣れる前に移ってきたおかげで、転校生として目立たずにすんだ。いまでは「うそぉ、シラって小学校の頃はおらんかったんか？」と意外そうに言われることも多い。

この町で過ごす夏は、三度目。梅雨明け直後の、ちょうどいまの時季のうだるような暑さは、おととしと去年の経験から覚悟していた。夕立の雨雲はどの方角から広がるのかも覚えたし、秋が深まると山がどんなふうに色づいていくかも、だいたい見当がつく。

思い出もたくさんある。マサとトレパン時代――一年生の頃のことを話すのだって、あいつにはあたりまえのことかもしれないが、少年にとっては、ちょっと感激する出来事だったのだ。

野球部は、運動部の中でいちばん上下関係のけじめが厳しい。一年生は基本的に球拾いと声出しだけで、二年生は守備とトスバッティングだけ。バットを思いきり振れるのは、三年生が引退してからだ。服装や用具も、伝統できっちり決まっている。三年生が現役のとき、一年生は体育の授業で使うジャージの上着に、白いトレパン、ズック。グローブは自分のを持ってきていいが、バットは触れない。三年生が引退するとトレパンのまま、スパイクだけ履ける。二年生になるとユニフォームを着ることができるが、アンダーシャツの袖とストッキングはどちらも白で、白い帽子に学校名の頭文字の「K」のワッペンを貼《は》ることはできない。三年生が引退して、十月の新人戦に向けて練習をするときになって、やっと帽子にワッペンが付き、アンダーシャツとストッキングが黒になる。

無意味で、古くさい伝統だ。でも、トレパン時代からスゴロクのマスを進むように二年半近くを過ごしてきたいまは、そういう無意味な古くささが、とても大切なことのように思えてくる。

わしら、みんな、トレパンの頃から一緒にやってきた——。

マサの言うことは、わかる。

「わしら」の中に自分も含まれているのが、少し嬉《うれ》しくもある。

でも、野球は実力の世界、なのだ。

大野もマサもちゃんとわかっているはず、なのだ。

少年が「じっ、じっ、じっ……」とつっかえただけで「実力」と聞き取った、それがなによりの証拠だった。

きよしこ

土曜日の午後、部室の雰囲気は最悪だった。

ユニフォームに着替えながら、「あーあ」と三好《みよし》が大げさなため息をつく。「マサもかわいそうじゃのう、せっかく一年生の頃からがんばっとったのにのう」

「ほんま、ほんま」と芝居がかった相槌《あいづち》を打つのは、篠原《しのはら》。二人ともマサとは小学校のスポーツ少年団時代からの付き合いだ。

「わし、転校しようかのう……」

マサがおどけて、泣き真似《まね》をした。三好と篠原は目配せしながら声をあげて笑い、他の連中も、言葉には出さなくても気持ちは同じなのだろう、大野には誰も話しかけない。大野もみんなに背中を向けて、ロッカーに張りつくような窮屈な姿勢で服を着替えていた。

練習試合は夕方から。その前にウォーミングアップを兼ねて、ふだんどおりの練習をすることになっていた。

大野のアンダーシャツは、いつものように白の袖だった。少年はそれを目の端で確かめ、ため息を喉《のど》の奥でつぶした。

ユニフォームに着替えたあともだらだらとおしゃべりをするマサたちをよそに、大野は一人で部室を出た。

少年があわてて追いかけようとすると、三好が「シラちゃん、よそ者の味方するんか？」と不服そうに訊《き》いた。

「……同じ野球部じゃろうが」

「違うわい」篠原がぴしゃりと言う。「途中から割り込んできただけじゃ、あんなん」

三好はさらにつづけた。

「わし、試合に負けてもええけん、昔から一緒に練習した者だけでやりたいよ。どげん野球が上手《うも》うても、よそ者はよそ者じゃけん」

三好も篠原も、「のう？　シラもそげん思うじゃろう？」と――かつて、よそ者だった少年に訊く。

少年は二人をにらみつけ、同じまなざしをマサにも向けて、きっぱりと言った。

「上手い者からレギュラーになるんが、あたりまえじゃ」

そのまま、大野を追って外に出た。

大野は三塁ベースの横で、柔軟体操をしていた。前の学校で練習前にやっていたという体操だ。

少年に気づくと、大野は「まいっちゃったな……」と寂しそうに笑った。「なんか、俺、みんなを敵に回しちゃったんだな」

そんなことない――とは言わなかった。

代わりに、「アンダーシャツ、俺のやるけん」と言った。「大野、黒いやつ持っとらんじゃろ」

「試合用のはあるよ。昨日、おふくろに買ってきてもらった」

「何枚？」

「一枚だけ。練習用のは、ほら、もうあと一カ月とか二カ月ぐらいしかないから、もったいないいじゃない、って言われて……」

神奈川県の中学から転校してきた大野は、テレビの『中学生日記』の登場人物みたいにしゃべる。マサたちは、たぶんそれも気に入らないのだろう。

「俺の、やる」少年は言った。「余っとるけん、俺のを一枚やるわ」

「いいよ、そんなの。練習だし、悪いから」

「ええけん、ほんまに余っとるし……いま、持ってきとるんよ。試合の前は、みんな同じ色のシャツにしようや。そのほうが、なんちゅうか、盛り上がるけん」

五月に買ってもらったばかりのシャツだった。六月の大会でそれを着たら、二試合で八打数七安打の大当たりだった。縁起のいい——ほんとうは八月の最後の大会でも着ようと思っていたシャツだ。

大野はまだ少し戸惑っていたが、少年が「のう？」と念を押すと、小さくうなずいた。

「練習試合、二中に……勝利したら、アイス……家に戻る前に、一緒に……くっ、くっ、食おうや」

ピンチヒッターを次々に繰り出した。最後は駒《こま》が尽きて、そのまま「カ」行を打席に送ったら、あんのじょう凡退した。

大野はまた寂しそうに笑って、「ヒットの多かったほうがおごってもらう、ってことにしようか」と言った。

少年と大野は、学校から帰る方角が一緒だった。ほんとうは少年の家まではもっと近い道があったが、転校して間もない大野が一人で帰っているのを正門で見かけて、「なんじゃ、大野とわし、おんなじ道じゃったんか」と帰り道を変えたのだった。

大野と特に気が合う、というわけではない。

ただ、大野が転校生だから——かつての自分と同じ、よそ者だから、絶対に仲良くしてやろう、と思っていた。困ったことがあったら絶対に助けてやろう、と決めていた。

俺って、こんなにおせっかいな性格だったっけ？

ときどき、自分でも不思議になる。

二中は、少年たちの学校と同じレベルの——八月の大会で、とりあえず初戦突破を目指しているチームだった。

少年は二番・セカンドで先発した。サードの大野は打順も五番を任された。

試合は、どちらも二ケタ得点の乱打戦になった。

少年の調子は良くなかった。ショートゴロ、送りバント失敗のキャッチャーへのファールフライ、三振、ショートフライ、サードゴロ。守備でも、ふだんなら追いついているはずのセンター返しの打球を、タイムリーヒットにしてしまった。

一方、大野は五打数三安打、三打点、盗塁二。守備でもヒット性の打球を何度も防いだ。

マサの出番はなかった。ユニフォームの上にジャージの上着を羽織って背番号14を隠したまま、大野がバッターボックスに立つときには声援を送らなかった。

接戦の試合は、最終回にケリがついた。

少年のエラーで負けた。

同点で迎えたワンアウト、ランナー一、二塁のピンチだった。次打者の打球は当たりの強い三遊間のゴロ——ゲッツーが狙《ねら》える。打球を捕った大野は、三塁に向かうランナーにかまわず、二塁ベースでかまえる少年に送球した。セカンドはフォースアウト、少年はすぐさま一塁に転送したが、それがワンバウンドの悪送球になって、三塁に達していたランナーは小躍りしてホームインした。

みんなに申し訳なくて落ち込んでいたが、部室にひきあげると、敗因はいつのまにか大野にすり替わっていた。

「あーあ、あそこ、ランナーにタッチできとったよのう。カッコつけてゲッツー狙うけん、あげなことになるんよ」

三好が聞こえよがしに言うと、マサや篠原だけでなく、他の部員もうなずいた。「マサがサードじゃったら、一発でランナーにタッチしとるよ」——話を合わせて言ったのは、大野に五番打者の座を奪われた根本だった。

大野は試合の前と同じように、ロッカーに張りつくようにして服を着替えていた。背番号5のユニフォームを脱ぐとすぐ、畳まずにバッグに突っ込んだ。アンダーシャツは、買ったばかりのシャツではなく、少年がプレゼントした縁起のいいシャツだった。それに気づいた少年は、いてもたってもいられなくなって、まだ大野にあてこすりをつづけている三好の肩を後ろからつかんだ。

「のう、三好。俺がミスったけん、負けたんよ。みんな、すまんかったの、俺がいけんかった、悪い」

頭を下げた。でも、三好は「シラも敗因かもしれんけど、その前に、だーれかさんがランナーにタッチしとったら、セカンドのフォースアウトで終わっとったんじゃけん」と言う。「だーれかさん」のところで、みんな——誰とも見分けのつかない誰もが、笑ったように見えた。

「……そげんことないって。大野のミスじゃないって」

「おうおう、友情じゃのう、かなわんのう」

篠原が、低くつぶした声で笑った。

カッとなった少年は篠原の胸ぐらをつかみあげた。

「ええかげんにせえ！　おまえら！　同じ野球部じゃろうが！」

「なにするんな、ちょっとシラ、やめえや……」

「ちっ、ちっ、ちっ、ちちちち……」

チームワーク、と言いたかった。

あわててピンチヒッターを送ったが、言い換える言葉を間違えた。

「だっ、だっ、だっ、だだっ、だ……」

団結、ではだめなのだ。

「友情ないんか！」

顔がカッと熱くなるほど恥ずかしい言葉を選んでしまって、あとはもう、ピンチヒッターを探す余裕はなくなった。

「かっ、かっ、勝手なこ、こっ、こと、ばっ、ばばば、ばっかり言いよると、試合に負けるど！　てっ、てっ、転校してきたいうて、そげなこと、かっ、かっ、かっ……んけい、なかろうが！」

こんなに激しく言葉を詰まらせるのは、めったにないことだった。

篠原は急に、しゅんとなった。他の連中も気まずそうにうつむいてしまう。中学生活の後半になってから、こんな反応が増えてきた。言葉がつっかえても、からかって笑う奴《やつ》はほとんどいない。逆に、みんな、申し訳なさそうな顔になる。どもらせて悪かった、と言うように。

「よっしゃ、わかった、のう、シラ、わかったけん、もう興奮するのやめえや」

キャプテンのヨネさんが割って入って、「ほんまに、あとひと月で県体予選なんじゃけえ、みんな気合い入れていこうや」と、大野のことには触れずに、とりあえず話を終わらせた。

篠原から手を離すと、大野と目が合った。大野は泣きだしそうな顔で、小さくうなずいて、笑った。

その後は三好や篠原の嫌みはなくなったが、大野は部室やグラウンドでずっと居心地が悪そうだった。

少年と二人で家に帰るときも、しょっちゅう「正岡、まだ怒ってるんだよなあ」とため息をつく。サードのポジションでノックを受けているとき、後ろで順番を待つマサの視線が気になってしかたない。ファインプレーをしたときにも、マサはなにも言ってくれない。大野が後ろに逸《そ》らしたボールが目の前に来たときにも捕ってくれない。そんなひとつひとつのことが、小さな針のように突き刺さる、という。

少年はいつも大野を励ます役回りだった。マサや三好も決して底意地の悪い奴ではないんだと繰り返し、みんなだって野球が実力の世界だというのはわかってるんだからと言って、それでも大野の元気が戻らないときには、駄菓子屋でアイスクリームやジュースまでおごった。

「白石って、ほんと、いい奴だよなあ」――大野は野球部の誰のこともあだ名では呼ばない。

「なに言うとるんな、大野も野球部の仲間なんじゃけえ」――大野にも、まだあだ名はついていない。

帰り道は用水路に沿った一本道だった。駄菓子屋でジュースを飲んだら、次の交差点で大野は右に曲がり、少年はまっすぐ進む。一緒に歩く距離が短すぎる。もう少し並んで歩いて、いろんなことを話したい。いつも思う。ジュースを飲んでも沈んだ顔をしたままの大野と別れるときには、特に。

夏休みの初日に練習試合をした。今度の相手は、二中より少し上の——ベスト8進出が目標の東山中学だった。

富山先生は、大野を四番バッターに据えた。「エースで四番」が自慢だった長谷川《はせがわ》はスターティングメンバーが発表されると急に不機嫌になってしまい、それがピッチングにも影響して、四球を連発した。

三対九の惨敗。でも、大野は富山先生の期待に応《こた》えて四打数四安打を放ち、チームの全打点を叩《たた》き出した。

試合の行方がほぼ決まった最終回、富山先生はピッチャーを長谷川から大野に替えた。試合中の投球練習はもちろん、ふだんでもマウンドに登ったことのない大野だったが、「秘密兵器にするけん」と富山先生が言ったとおり、意外に速い直球を武器に東山中学の上位打線を三者凡退に抑えた。

長谷川は大野と入れ替わりに、ふてくされた様子でサードを守った。打撃を考えれば当然の選択だったが、ベンチ裏でキャッチボールをして準備していたマサは、黙ってグローブをはずし、ベンチの端のほうに座り直した。その隣では、いままでずっとリリーフエースだった背番号10の川原も、マサと同じようにこわばった顔でグラウンドを見つめていた。

少年は、この試合も調子が悪かった。三打数ノーヒット。最終回にまわった四度目の打席では、ピンチヒッターにマサが送られた。

三好や篠原の声援を受けて打席に入ったマサは、バットを一度も振れずに、ストレートの四球を選んだ。背番号14は、いかにもけだるそうに、のろのろと一塁に向かう。「全力疾走せんかい！」と東山中学のベンチからヤジが飛んでも、足を速めることはなかった。

翌日からまた、大野は誰からも口をきいてもらえなくなった。

「俺、やっぱり先生に言って背番号変えてもらうよ」

大野は少年と二人で帰りながら、迷いを無理に断ち切った強い口調で言った。

「そんなことせんでええって」

少年は苦笑いでいなした。県体予選の一回戦は十日後だ。こうなったら、もう背番号の問題ではない。背番号が5だろうが14だろうが、サードを守るのは大野しかいないのだ。

「でもさあ、せめてこっちの気持ちっていうか……俺、ほんと、悪いと思ってるんだよ、正岡にも長谷川にも。立場が逆だったら、俺だって嫌だもん、こういうの」

いつもの駄菓子屋に寄った。大野は「今日は俺がおごるから」と自動販売機で缶コーラを二本買った。「なんか、お菓子も買おうか」と一人で店に入っていった。

少年は店の前のベンチに座って、大野を待ちながら、何度か首をかしげた。背中がむずがゆい。テレビドラマによくある、サラリーマンが居酒屋に寄る場面みたいだ。

会社まで自家用車で通っている父親は、会社帰りに酒を飲むことはめったにない。愚痴や泣き言は嫌いだ、といつも言っている。そんな父親が、ここ何日かつづけて会社に車を置いて帰ってきた。一人で歩けないぐらい酔っている夜もあったし、びっくりするぐらいご機嫌な夜も、声もかけられないほど機嫌の悪い夜も、ある。

そろそろ転勤が近いのだろうか。いままでの経験が、そう教えてくれる。去年の夏にも転勤の話はあったらしい。父親は「息子もやっと中学校に慣れてきたところですから」と断ったのだという。あとで母親から訊《き》いた。支店長に出世する転勤だったんだ、とも。

大野はポテトチップスを買ってきた。ポテトチップスの代金ぐらい割り勘にしようと財布を出すと、「いいって、いいって」と——ほんとうに、サラリーマンみたいだ。

ベンチに並んで座り、ポテトチップスを頬張って、コーラを飲んだ。最初は黙っていた大野は、コーラが残り半分になった頃、「俺、転校って初めてなんだよなあ」と夕暮れの空を見上げて言った。「白石って、転校すごくたくさんしてきたって、ほんと？」

「うん……小学校で、五回」

「すげえな」

「……まあ、小学生だから」

最近、ほんとうにそう思う。小学生の頃は、転校して最初の自己紹介が嫌で嫌でしょうがなかった。「きよし」の「キ」がつっかえて、みんなに笑われるのが怖かった。でも、転校生がほんとうにつらいのは、そういうことではないんだ、といまは思う。

「俺、おふくろに言われてたんだ、野球部に入るのってやめたほうがいいんじゃないか、って。受験のこともあるし、どうせすぐに引退だし、やっぱり、途中から割り込むわけだろ？　ほんとにおふくろの言うとおりになっちゃったから……なんか、親に相談もできなくてさあ……」

大野は、『ウルトラマン』や『仮面ライダー』の話をした。怪獣や宇宙人や怪人は、どこからともなく現れて、ひとびとの平和な暮らしをおびやかす。でも、途中で必ずヒーローが現れる。ヒーローは決して負けない。怪獣や宇宙人はヒーローに退治され、街はまた平和な日々に戻るのだ。

「転校生って怪獣みたいなものだと思うんだよな。俺が野球部の平和を乱したようなものじゃん。白石はそういうこと、考えたことない？」

ある――かもしれない。

あれは何年生だっただろう、男子の数が偶数だったクラスに転入したことがある。体育の授業で二人組をつくるとき、出席番号がいちばん最後だった少年は「余り」になってしまった。先生が気をつかってクラス委員の奴とコンビにしてくれて、代わりに、クラス委員と組になっていた奴が「余り」になった。そのときには自分が「余り」にならなくてよかったとしか考えなかったが、いまは、割り込まれて「余り」になってしまった奴の気持ちがわかる。

「俺さあ、転校が決まったあと、すごいたくさんマンガ読んだんだ。転校生が主人公になるマンガ、みんなに教えてもらって、ぜんぶ読んだ。カッコいいんだよな、ぜんぶ。なんかさ、ヒーローなんだよな、そういうのいいなあと思って、けっこう楽しみにしてたんだけど……ぜーんぜん違うんだもんなあ……」

大野はそう言うと、いきなりポテトチップスを口いっぱいに頬張り、コーラをがぶ飲みして、「ぜんぜん違うよなあ、ほんと……」と繰り返した。

少年は大野から目をそらした。正面の山に沈む夕陽を、にらむように見つめた。やがて、大野が洟《はな》をすする音が聞こえてくる。

なにか言いたい。黙ったままではなくて、なにかを大野に言ってやりたい。でも、言葉が浮かばない。バッターボックスはからっぽだった。海に漂うボートのように、誰もいないベンチがグラウンドに、ぽつん、とあった。

コーラを飲み干して、ポテトチップスを食べきって、赤かった大野の目も元通りになってから、二人はまた用水路沿いの道を歩きだした。

たいして言葉を交わさないうちに、交差点にさしかかった。

いつものように右に曲がろうとする大野を、少年は「まっすぐ行かんか?」と呼び止めた。「その次の信号で曲がっても、おんなじことじゃけん」

少し遠回りになるが、大野の家につづく同じ道に出るはずだった。

大野は、「そうする」と笑って、交差点をまっすぐ渡った。

「延長戦みたいじゃの」

「だな、ほんと」

なにか、アイスの「あたり」が出たような、得をした気分になった。ほんの百メートルほど延びただけなのに、話したいことが急にたくさん増えた。

少年は、早ければ八月中に達成されそうなジャイアンツの王選手の本塁打世界新記録の話をした。七百五十六号のホームランを打たれるピッチャーは、どのチームの誰になるだろう。大野はヤクルトの松岡じゃないかと言い、少年は大洋の平松だと予想した。

受験の話もした。少年は野球部を引退しても塾には通わないつもりだったが、大野は九月から英語と数学の塾に通うんだと言った。「白石も一緒に行こうぜ。申し込み用紙、白石のぶんも持ってくるから」と誘われて、それもいいかな、という気になった。

県体予選の話も、もちろん、した。大野は、少年が先月からずっとバッティングの調子を落としていることを心配していた。少年も、それを悩んでいた。セカンドの補欠は二年生の木内だから、まずレギュラーを奪われる恐れはないが、最後の大会は、やはり最高のコンディションで迎えたい。

「白石の打ち方見てると、グリップの位置がちょっと低いと思うんだよな。あれだと内角高めについていけないだろ。もっとさ、こうやって、ダウンスイングで……」

歩きながら身振りでダウンスイングのお手本を示したとき、交差点に着いてしまった。

今度は大野のほうから、「次の信号で曲がっても、俺んちに帰れる？」と訊いてきた。

だいじょうぶ——「ダ」がつっかえそうだったので、ピンチヒッターを送った。代打の切り札のような、Vサイン。

大野も嬉《うれ》しそうに「さあ、延長戦の投げ合いはまだつづきます」とナイター中継のアナウンサーを真似《まね》て言った。

その日、大野は三つ先の交差点まで付き合った。かなりの遠回りになってしまったはずなのに、次の日も、同じように——ごくあたりまえの調子で、大野はいつもの交差点をまっすぐに渡った。

次の日も、さらに次の日も、そうだった。

大野は少年を「シラ」と呼ぶようになった。少年も大野の前の学校でのあだ名を尋ね、「オーくん」と呼んでみた。大野は「懐《なつ》かしいなあ」と笑って、「シラに会えたから、転校してよかったんだよ、やっぱり」と言った。

試合をあさってに控えた夜、父親は珍しく夕食前に帰ってきて、少年を居間に呼んだ。

ああ、来ちゃったかな、と思いながら居間に行くと、父親の隣には母親も座っていた。五分五分だった予感はそれで八十パーセントになり、父親が「なつみにも、あとで話すけど……」と切り出した一言で、百パーセントになった。

十月に転勤するかもしれない、という。

「まだ、はっきりとはわからんのよ。明日の本社の会議で決まるんじゃけど、その前に、おまえの考えを今夜のうちに聞いとこう思うての……」

転勤先は、いまと同じ県の、海から少し入ったところにある市だった。父親は「まあ、県が同じじゃけん、高校受験はそんなに変わらん思うけどの」と言ったが、母親は固い表情をして、相槌《あいづち》は打たなかった。

父親にもその理由はわかっているのだろう、母親をちらりと見て、煙草《たばこ》をくわえ、火を点《つ》けないまま、つづけた。

「お母ちゃんは、おまえの言葉のことを、いちばん心配しとる。こげな受験前に転校して環境が変わったら、どもりがまたひどうなるんじゃないか、いうての」

少年は黙っていた。母親も、なにも言わなかった。

「お母ちゃんは、お父ちゃんがいちばん悪いんじゃ、言うんよ。小学生の頃からお父ちゃんが単身赴任しとれば、おまえやなつみも転校せんでもすんだし、どもりも治ったかもしれん、て」

そうかもしれない。そうじゃないのかもしれない。少年にはわからない。

「のう、きよし。今度の引っ越しは、お父ちゃん一人で行ったほうがええか？　お父ちゃんは、家族はいつも一緒に暮らしたほうがええ思うとる。ほいでも、おまえが、どげんしても引っ越ししとうないんなら……単身赴任も考えるし……」

父親はそこで言葉を切って、やっと煙草に火を点けた。吐き出す煙が、ゆらゆらと、勢いのほとんどない様子で揺れる。

「おじいちゃんとおばあちゃんが、一緒に住もうか、言うとる。田舎に帰ったら、おまえもなつみも、引っ越しやら転校やらで苦労せんでええし、おじいちゃんらも、もう年取ったし……」

「勝手なこと言わんといて」――母親が、ぴしゃりと言った。

父親は一瞬眉《まゆ》をひそめたが、母親にはなにも返さずに、つづけた。

「もし、お母ちゃんときよしとなつみが三人で田舎に帰るんなら、お父ちゃんも、しばらくは単身赴任になるけど、次の次の転勤は、そっちのほうに行けるように話をしてみる。のう、お父ちゃんも長男じゃし……」

「そんなこと、子どもには関係ないでしょうが！」

母親の声はさらにとがった。

少年も薄々勘づいている。母親は、おじいちゃんとおばあちゃんのことが嫌いだ。なつみを産むときに少年をおじいちゃんの家に預け、それがきっかけで少年の吃音《きつおん》が始まったんじゃないか、とずっと悔やんでいる。おばあちゃんに「きよしを預かってあげるけん、連れてきなさい」と、ほとんど命令のように言われた、という。

でも、少年は、おじいちゃんとおばあちゃんにいじめられたわけではない。二人は初孫の少年をとてもかわいがってくれた。記憶に残っているのは、むしろ、事情を説明されずに田舎に連れてこられた翌朝――両親が黙って出ていったのも知らずに、「おはよう！」と次々に襖《ふすま》を開けては、誰もいない部屋の前で立ちつくしたときの、悲しさとも寂しさとも怖さともつかない、ぽっかりと白く抜けたような思いのほうだった。

「おじいちゃんは、きよし一人だけでもええ、言うとる」

父親はそう言って、火を点けたばかりの煙草を灰皿に捨てた。

「行かんでもええんで、きよし、そんなところ、行かんでええけんな」母親は涙声で少年に言って、父親を振り向いた。「なあ、あんた、そげなこと子どもに決めさせせんといて。あんたが転勤を断ればええんん違うん？　去年も断ってくれたじゃろ？　今年も断ればええん違うん？」

「……去年断ったけん、あとでどげん針のむしろになったか、おまえも知っとろうが。去年は、子どものことを優先させてもろうたけど、今年はいけんよ、もう」

「なんで？　子どもがいちばん大事なん違うん？　あんたは、子どものこと考えんのん？」

「わしに仕事をさせん気か！」

父親の感情もはじけた。

母親はその場に突っ伏して、声をあげて泣きだしてしまった。

少年にはわからない。なにも、もう、わからない。考えようと思っても、頭の中に言葉が浮かばない。

廊下で電話が鳴った。逃げ道が見つかった。

少年は居間を出た。廊下にも漏れてくる母親の泣き声を、背中でさえぎるような格好で、受話器を取った。

「おう、シラか？」

マサだった。

「ちょっと、おまえに言うときたいことがあるんじゃ……」

沈んだ声は、つづく言葉で、さらに沈んだ。

「わし、明日、セカンド守るけん」

「はあ？」

「練習のあと、富山に職員室に呼び出されたんよ。ほいで、セカンドの練習せえ言われて……もう時間がないけど、明日一日で特訓せえ、言われて……ほら、シラ、ずっとスランプじゃろ、それで富山も心配になった思うんじゃ……おまえには悪い思うけど、やっぱり、わしも試合に出たいし……せっかくいままでがんばったんじゃけん、最後の試合に出たいんよ、すまん、許してくれえや、のう……」

マサは悪くない。富山先生も悪くない。もちろん、大野のせいになど、できるわけがない。

「ユニフォームは、わし、14番のままでええけん」とマサは言ったが、少年は「レギュラーが4番じゃろ、それは」と必死に笑い声をつくって言った。野球は実力の世界――言葉は、ブーメランのように自分に戻ってきた。

マサはまだ申し訳なさそうに言い訳をつづけた。

がんばれよ、と言ってやれば、あいつも楽になるだろう。

でも、「がんばれ」のピンチヒッターが、いない。Vサインも、電話では伝えることができない。

少年は黙って、マサの言い訳の途中で受話器を置いた。

居間に戻ると、両親はお互いにムスッと押し黙って、そっぽを向いていた。

父親は悪くない。母親も悪くない。おじいちゃんやおばあちゃんだって、悪くない。いちばん悪いのは、言葉がつっかえてしまう自分なのかもしれない。でも、うまくしゃべれないのは、自分のせいじゃない。

「お父ちゃん……」

少年は言った。どこにも割り込みたくない、と思った。割り込んで、誰かをはじき出したくない。なにかを選んで、誰かにつらい思いをさせたくない。

「ぼっ、ぼく……どどどどっ、どっ、どっちでも、いいから……」

もう、なにも決めたくない。

次の日、セカンドのレギュラーはマサになっていた。試合まで、たった一日しかない。少しでも慣れるよう、富山先生はマサにつきっきりでゲッツーのときの身のこなしや、外野からの返球をカットするときのポジションを教え込んだ。

少年は練習の始まる時間よりだいぶ早めに部室に入って、家から持ってきた背番号4のユニフォームをマサのロッカーに置いた。『ごんぎつね』みたいだな、と思うと、涙が出そうになった。

マサが持ってきた背番号14のユニフォームは、練習のあとで受け取った。マサは「シラのぶんもがんばるけん」と言った。少年は黙って、笑いながらうなずいた。Vサインを返してやろうとしたら、視界の隅のほうで、大野がこっちを見ていることに気づいた。目が合うとすぐにうつむいてしまったので、表情までは読み取れなかった。

帰り道は、大野と二人で用水路沿いの道を歩いた。言葉にして誘い合ったのではなく、ばらばらに部室を出て、正門を出たあたりでなんとなく一緒になって、「おう」も「よう」もなく、並んで歩きだしたのだった。

大野は口数が少なかった。少年もほとんどしゃべらない。どうしていいかわからない。からっぽのバッターボックスと誰もいないベンチが、ぼんやりと浮かぶだけだった。

いつもの駄菓子屋を、二人とも黙って通り過ぎた。

最初の交差点にさしかかる。大野はまっすぐ渡った。

二つ目の交差点でも、大野は帰らなかった。

三つ目の交差点——もうええけん、遠回りになるけん、ここで帰れや、と少年は言おうとしたが、「遠回り」と「ここ」と「帰れや」の代わりの言葉を探しているうちに、大野はまた、横断歩道をまっすぐ渡った。

そして、最後の交差点。

大野は横断歩道の手前で立ち止まった。右手で提げていたスポーツバッグを足元に、落とすように置いた。

「シラ……」

少年も足を止めた。大野は右手を胸の高さに持ち上げて、左手で右の拳《こぶし》を包み込んでいた。

「俺……ノックのときに突き指しちゃった」

大野はヘヘッ、と笑う。「嘘《うそ》じゃない」とつづけて、「さっきから我慢してたんだけど、死ぬほど痛くてさ……」と、今度は顔をしかめた。

少年はなにも応《こた》えず、大野の手元をぼんやりと見つめる。

「明日の試合、休むよ」

大野がそう言っても、少年は目も口も動かさなかった。

「バチが当たったんだよな、俺、『ウルトラマン』の怪獣だから、最後はやっつけられるんだよ」

少年は黙っていた。身じろぎもせず、ただ、黙り込んでいた。

「先生に、明日、言うから」とつづける大野の声は急にか細くなって、「だって……痛くて、たまんないんだよな……」と、さらに弱々しくなった。

少年は軽く息を吸い込んで、「がんばれや」と言った。嘘のように言葉がなめらかに出た。ひとりごとのようにしゃべったから、なのかもしれない。

大野は泣きだしそうに顔をゆがめた。

「俺、出ないって、ほんとに。シラを補欠にしてまで試合に出たくないって。俺のせいなんだからさ、いいんだよ、俺はもともといなかった奴《やつ》なんだから。俺がいなくなったって、元に戻っただけだろ？　それでいいし、そっちのほうがいいんだよ、絶対」

「アホなこと言わんでええけん……」

「信じてくれよ」
「大野、アンダーシャツ、返せや。試合はええけん、シャツ返せ」
返せの「カ」が、すんなり言えた。声は大きくても、これはぜんぶひとりごとなのかもしれない。
「早よ返せや、わしのシャツなんじゃけん」
少年は、ほら、と右手を出してうながした。大野はなにか言いたそうに口を開きか
けたが、すぐに閉じて、「洗濯してから返すよ」と言い直した。
「そげなことせんでええけん、早う返してくれ。いまあるんじゃろ、早う返せや」
ほら、ほら、と右手を大野の胸の前に突き出した。言葉はすらすら出てくる。でも、
耳に聞こえてくる声は、自分の声ではないみたいにひらべったく、薄っぺらだった。
大野はもうなにも言わなかった。スポーツバッグの前にしゃがみ込み、ファスナー
を開けて、しわくちゃに丸めたアンダーシャツを出した。膝《ひざ》の上で畳み直そうとする
のを、少年は「ええけん」と制して、ひったくるようにシャツを取った。
汗で濡《ぬ》れている。酸《す》っぱいようなにおいもする。
捨てるつもりだった。シャツを用水路に放り込んで、大野にもう一度「がんばれ
よ」と言ってやって、その代わり、もう立ち止まらずに交差点をまっすぐ渡ろう、と

思っていた。

シャツのおなかのところに、黒い染《し》みがあった。

違う、それはサインペンの文字だった。

Never Give Up――あまり上手《うま》くない筆記体で書いてある。

あきらめるな、と書いてある。

「シラ……ごめん、俺、もらったんだと思って、書いちゃった」

大野は「弁償するから」と付け加えて、「ほんと、ごめん、すみません」と頭を下げた。

少年はおなかの文字を包み込むようにシャツを丸めた。

大野は頭を下げたままだったので、少年が、シャツをスポーツバッグに入れ直した。ネバー、ギブ、アップ、と心の中でつぶやいた。ネバー、ギブ、アップ、と繰り返して、ファスナーを閉めた。

「もうええけん」と声をかけると、大野はやっと顔を上げた。目が合う前に、少年は背中を向けて歩きだした。

振り返らずに、大野に言った。

「がっ、がっ、がっ……」

言葉がつっかえてほっとしたなんて、生まれて初めてだったかもしれない。

「がんばるから！」大野は少年の背中に答えた。「ほんと、俺、明日がんばるから！」

少年は歩きながら、前を向いたまま、うなずいた。

でも、ほんとうは、大野は勘違いしていた。少年が言いたかったのは、「がんばれ」ではなかった。

がんばるけん――自分のことを言いたかったのだ。


家に帰って背番号14のユニフォームを見せると、野球のことはぜんぜん知らない母親は、「背番号の数字は大きいほどええん？」と訊《き》いてきた。

少年は笑うだけで答えなかった。冷蔵庫から牛乳の一リットルパックを出して、直接ごくごくと飲んだ。今日はいつもより喉《のど》が渇く。駄菓子屋に寄らなかったせいだ。

「それより」と母親は台所で夕食の支度をしながら、ゆうべの話を蒸し返した。

転勤する父親にくっついて家族みんなで引っ越しするか、父親だけ単身赴任するか、それとも、おじいちゃんとおばあちゃんの家にみんなで引っ越すか。

「お母ちゃんは、お父ちゃんが単身赴任してくれるんがいちばんええと思うとったけど……」

なつみが泣いて反対したのだという。「あの子はお父ちゃん子じゃけん、お父ちゃんが家におらんのはいけん、言うんよ」と母親は苦笑いを浮かべて、「どげんすればええんかねえ……」とため息をついた。

少年は牛乳の飲み残しを冷蔵庫に戻した。母親が「残すんじゃったら、コップに入れて飲みんさい」と言うのを聞き流して、冷蔵庫の中を覗《のぞ》き込んだまま、「引っ越してもええよ」と言った。

「でもなあ……あんたの……」

「ええよ、もう慣れとるけん」

それだけ言うと、バットを持って外に出た。グリップエンドに書いた4の文字をちらりと見て、しょうがないよな、と小さくうなずき、玄関の前で素振りを始めた。

グリップの位置を高くして、ダウンスイングを繰り返した。陽は沈んだが、空にはまだ明るさが残っている。百回がんばろう、と決めた。

五十回を過ぎた頃、通りから来た車が軽くクラクションを鳴らした。父親が帰ってきたのだ。

運転のあまり上手くない父親が何度も切り返しながら車庫入れをするのを、少年はバットを提げたまま、ぼんやりと見つめた。今日の帰りも、いつもより早い。ゆうべの話のつづきをするのだろう。

エンジンが停まり、運転席のドアが開く。少年は深呼吸を何度かした。

車から降りた父親は「おう、特訓しよるんじゃのう」と笑った。

「お父ちゃん……」

「うん？」

「引っ越しのこと、ええよ、しても」

最初きょとんとしていた父親は、ああ、そのことか、とうなずいて、また笑った。

「断ってきたけん」――笑顔で、さらりと言った。

「ほんま？」

「おう。そのかわり、もう出世はできんぞ。給料も安いままじゃけん、私立の高校にはよう行かせられん。県立に受かるよう、野球もええけど、勉強もがんばれ」

「……ほんまに、ほんまなん？」

「息子に嘘つく親がどこにおるんな、アホ」

父親は手に提げた小さな紙の箱を持ち上げて、少年に見せた。駅前のケーキ屋の箱だった。

「今夜は、お母ちゃんのご機嫌とらんといけん」

ハハッと笑って、玄関の引き戸を開けて、「ただいまぁ」と家に入る。その背中が、満足しているような、寂しがっているような……少年には、よくわからない。

でも、ほどなく母親の笑い声が外に漏れてきたら、少年の頬にも笑みが浮かんだ。

バットをかまえる。グリップを、ぐい、と高くする。最初から数え直して二百回までがんばれ、と自分に言った。

暗がりを、じっとにらみつける。

白いボールを思い描いて、ダウンスイングで叩《たた》く。

芯《しん》に当たった打球はライナーで三遊間を抜けていった、ことにした。ベンチから歓声があがる、はずだ。大野も、マサも、三好や篠原も、みんな、バンザイをして喜んでくれる、だろう。

一塁ベースに立つ。胸を張ってベンチを見て、Ｖサイン――。

少年はバットを振りつづける。

台所のほうから揚げ物をする音が聞こえてきて、それを仲間だと勘違いしたのか、蟬《せみ》がひとりぼっちで鳴きだした。

# 東京

少年を主人公にした、これが最後のお話になる。少年は、ずいぶん大きくなった。「少年」の時代に入り口と出口があるのなら、もう出口はすぐそこにある。少年はやがて「青年」と呼ばれ、「おとな」とも呼ばれるようになるだろう。

少年が家族と過ごした最後の日々のお話だ。少年のことをとても好きになってくれた女の子のお話、でもある。

季節は、冬。さらさらした粉雪のようなお話に仕上げることができたなら、彼女——ワッチは、きっと喜んでくれるだろう。


雪がちらつくなか、共通一次試験が終わった。会場になった大学のキャンパスを出ると、門のすぐ脇《わき》のバス停にワッチがいた。少年を見つけ、ミトンをはめた手を胸の前で軽く振って、「お疲れさま」と笑う。鼻の頭と頬が赤い。ダウンジャケットやニットキャップが、降り落ちて溶けた雪で濡《ぬ》れている。試験の終わる時刻は教えてあったのに、たぶん――いつものことだ、だいぶ前からここに来て待っていたのだろう。

少年はぎごちなく笑い返した。バス停は受験生でいっぱいで、何本かやり過ごさないと、とても乗り込めそうにない。同じ学校の連中もいる。ワッチと付き合っていることは、まだ誰にも話していない。

ワッチは少年の顔を覗《のぞ》き込むように見つめた。なるほどね、というふうに小刻みにうなずいて、少年に目配せして歩きだす。

「駅まで歩こうか。裏道があるけん」

「……おう」

少年は低く、声というより、喉《のど》を鳴らした音で答える。

ワッチはクスッと笑う。「そげん照れんでもええのに」とつぶやいて、軽く跳ぶように少年のすぐ横に体を寄せてくる。少年はうつむいた。夏休みから付き合いはじめて、いまは一月――半年たっても、体を触れ合わせたことは一度もない。

バス停の人込みから離れると、少しだけ気が楽になった。頬の火照《ほて》りがすうっと消えていき、息苦しさも薄れた。

ワッチもそれを待っていたように「試験、できた?」と訊《き》いてきた。

「うん……まあ、少し」

「昨日と比べてどうやった？」

「数学は……」

そこで言葉がつっかえる。「簡単やった」の「カ」が、うまく言えない。

ワッチはまた少年の顔を覗き込んで、「簡単やった？」と訊いた。少年が黙ってうなずくと、嬉《うれ》しそうに「英語は？」とつづける。

長文読解の問題が難しかった、と答えたかったが、今度は「チ」がうまく言えない。少年は息を何度も継いで、すんなりと「チ」が喉から出るタイミングをはかった。

でも、ワッチには、それだけでわかる。

「長文読解が、どうやったん？」

「あんまり……」

「できんかった」の「デ」がつっかえても、ワッチにはわかる。

「できんかったんね。それでも、白石くんができん問題やったら、他の子もできとらんけん、平気平気」

ワッチは明るい。いつだって前向きだ。誰かを励ますことが好きで好きでたまらない。

「大失敗せんかったんなら、もうこれでY大は決まりやね」

丸い顔をさらに丸く、細い目をさらに細くして、それがワッチのいちばんご機嫌なときの顔だ。「美人」と呼ばれるような顔立ちではなくても、人なつっこさは頬からこぼれ落ちそうなほどだった。

「白石くんが後輩なんて嘘《うそ》みたいやけど、四月からは、もっとたくさん会えるね」

共通一次試験の会場でもあった地元のY大の、ワッチは教育学部に通う二年生だった。障害児教育の勉強をして、将来は福祉施設か養護学校で働きたいのだという。

「嬉しないん？」

そんなことないけど、と言いかけた言葉は「そんな」で止まった。「こと」の「コ」がだめだった。受験が近づくにつれて、吃音《きつおん》が重くなっている。言葉の頭だけでなく、「カ」行や「タ」行や濁音が途中にあってもつっかえてしまう。

「そんなことない？」

ワッチは言った。優しく笑った。幼い子どもの手からこぼれたお菓子を、地面に落ちる前に拾って、「よかったね」と声をかけるときのように。

少年は苦笑いを返して、あとはなにも言わずに、うつむいて歩く。

　ワッチの名前は、和歌子という。ワカちゃんがワッちゃんになり、ワッチになった。

「女の子らしくないあだ名やろ？　おばあちゃん、いつもぶつぶつ言いよったんよ」

　ワッチの話には、しょっちゅう祖母が出てくる。大学に入るまで、Y市から在来線と新幹線を乗り継いで三時間かかる小さな町で、両親と祖母と弟と五人で暮らしていた。

「一年間」という言葉も、ワッチはよく口にする。高校二年生の一年間——祖母が寝たきりになってから亡《な》くなるまでの年月でもある。

「うちは一年間おばあちゃんに鍛えられたんよ。カンシャク持ちの、怖いおばあちゃんやったけんね」

　ワッチは、棒を振り下ろすしぐさを交えて、「気に入らんことがあったら、布団《ふとん》に寝たまま、孫の手でぶってくるんやもん」と言う。

　そんな祖母の面倒を、ワッチはほとんど一人で見てきた。

「お母ちゃんのことを、おばあちゃん、ほんまに毛嫌いしとったけんね。ごはんをつくるのはお母ちゃんでも、それを持っていくんは、うち。そうせんと、おばあちゃん、食べてくれんのよ。床ずれができんように寝返りを打たせてあげるんも、体を拭《ふ》いてあげるんも、あと、シモの世話も、ぜーんぶ、うちの仕事」

もっとも、昔ばなしをするワッチの顔や声に恨みがましさはない。懐《なつ》かしそうに、いとおしそうに、祖母のことを語る。

「最期《さいご》までおばあちゃんを家で看《み》てあげてよかった。病院に入れたら楽はできたけど、おばあちゃんはやっぱり寂しいまま死んだと思うし、うちも悔いが残った思うし、福祉の道に進もうとか考えんかったと思うもん」

それに——と、ワッチは言う。

「白石くんの通訳ができるんも、おばあちゃんに鍛えられたおかげなんやもん」

体が衰弱していくにつれて、祖母はうまく話せなくなった。言葉がなかなか出てこなくなり、たとえしゃべっても聞き取れないことが多い。ワッチは、いらだつ祖母をなだめすかしながら、言いたいことを先回りして考えなければならない。

少しずつ、勘が鋭くなった。祖母のちょっとした表情の変化やまなざしの動きから、言葉になる前の思いを読み取れるようになった。

「コツは簡単なんよ。うち、おばあちゃんのこと怖かったけど、好いとったけんね。好きなひとがなにを思うとるか、なにをしたいんか、やっぱりわかりたいやん。わかりたい、いう気持ちがあれば、わかるんよ」

だから、少年のことも、わかる。もっともっとわかりたい、とワッチは言う。

共通一次試験の帰り道、二人は初めて手をつないで歩いた。ワッチのほうから、「手袋なかったら寒いやろ」と少年の手をミトンで包み込んだのだ。

少年とワッチは、夏休みに、県立図書館で初めて会った。

九月の模試に備えて自習室で勉強していた少年が、気分転換に閲覧室に出て本をめくっていると、レポートの資料を探していたワッチに声をかけられた。

「手話に興味があるんですか？」――それが、最初の言葉。

少年は読みかけていた手話の入門書をあわてて閉じた。

「……べつに、そんなわけじゃないけど」

あとになってワッチは教えてくれた。「べつに」の「べ」が微妙につっかえていた、それを聞いてすぐに少年が吃音だとわかったのだという。そして、少年が手話に興味を持っていた理由も、なんとなく。

「高校生でしょ？　何年生？　学校ってY高なの？」

矢継ぎ早に訊かれた。問い詰めるというふうではなく、いっぺんに友だちになってしまいたい、と意気込むように。

ワッチは質問するだけでなく、自分のことも早口にしゃべった。Y大の福祉サークルに入っている。サークルには、老人介護の班や点字班、手話班などがある。ワッチは介護の班のサブリーダーを務めているが、秋からは点字や手話の勉強も始めようと思っていたところだった。そんなときに手話の本を読んでいる高校生を見て、驚いて、嬉しくて、感動して……「ねえ、お茶でも飲む？　おねーさんがおごってあげるけん」。

図書館の中にある喫茶店に入った。少年は注文を取りに来たウェイトレスに「コーラ」と伝えようとして、「コ」がつっかえて、とっさに「アイスコーヒー」に言い換えたが、初対面の女のひとと向き合う緊張のせいだろう、「アイス」のあとに「コ」がすんなりとつづかず、しかたなく「ミルク」にした。

高校三年生の男が、女子大生と二人で喫茶店に入って、アイスミルク——顔が真っ赤になるほど恥ずかしく、床を踏みつけたいほど悔しかった。

喫茶店では、志望校を訊かれた。「Y大」と少年は言った。ほんとうは「国立の第一志望はY大で、私立は東京のどこか」と答えたかったが、「国立」の「コ」と「第一志望」の「ダ」と「東京」の「ト」でつっかえるのが怖かったから、伝えたいことの半分だけ。

だから、ワッチは勘違いした。Y大一本で受験するのだと思い込み、「そしたら、うちの後輩になるかもしれんね」と嬉しそうに言って、学部を訊いてきた。

教育学部――と言いかけて、「キ」で詰まった。ワッチはすぐに「教育学部?」と言った。思えばそれが、言えない言葉をワッチに先回りしてもらった最初だった。

「うそぉ、うちのチョクの後輩になるんやん。そしたら、ほんまにがんばらんとね。明日も図書館に来るん?　うちもしばらく図書館に通うし、わからんところあったら教えてあげるけん、いつでも電話して」

下宿の電話番号のメモを渡された。戸惑う少年を見て、ワッチは急にはにかんだ。

「だって、手話をやりたい高校生なんて、嬉しいやん。応援してあげたいし、うちの後輩になってほしいもん」

それだけよ、ほんまにそれだけなんよ。気恥ずかしさを振り払うように妙にむきになって念を押した、その赤らんだ顔を見て、かわいいひとだな、と少年は思ったのだった。

夏休みはほとんど毎日、図書館で会った。二学期が始まってからも、放課後に図書館で待ち合わせたり、土曜日の午後にY大のキャンパスに出かけたりした。

白石くんの通訳になる――とワッチは誓った。

「言えん言葉は無理して言わんでもええんよ、うちがぜーんぶ通訳してあげるけん。

うち、白石くんの言いたいことがちゃんとわかるようにがんばるけんね」

ワッチと一緒にいると、ふわっとした柔らかいものに包まれているような気分になる。胸がときめくというより、安らぐ。しょっちゅうすぼまってしまう喉が、風呂《ふろ》に入って一息つくときのように、ゆるむ。

いまもまだ、ワッチにW大を受けることは話していない。打ち明けるきっかけをつかめないまま、ここまで来てしまった。嘘をついているわけじゃない、と自分を無理に納得させていた。俺はただ、ほんとうのことを話していないだけで、黙っているのと嘘をつくのとは違うはずだし……気づいてくれないワッチのほうが、悪い。


共通一次試験の自己採点は、「もしもペケばっかりやったらショック受けるやろ?」と、ワッチがやってくれた。問題用紙にメモした解答の控えと新聞に載った正解を照らし合わせて、最後に電卓で合計得点を出すと、パッと顔を上げた。

「やったね!」

自習室で勉強している他の学生ににらまれて、あわてて肩をすくめる。

今度は少年が自分で採点した。だいじょうぶ。まずまずの出来だった。Y大は二次試験の配点が低いので、これで合格はほぼ決まった。緊張がほぐれて、ふーう、と椅《い》子の背に体を預けると、ワッチも同じしぐさをして、吹《ふ》き抜けになった天井を見上げた。

「やっぱり図書館で採点してよかったね」

小声で言ったワッチは、さらに声をひそめて「出会いの場所やもん、縁起がええに決まっとるもんね」とつづけて、ねーっ、と子どもみたいに首を横に倒して少年を見た。

自己採点のあとは、いつものように館内の喫茶店に入った。

もう、アイスミルクを注文しなくてもいい。少年が「コ」につっかえて頰を少しこわばらせるだけで、ワッチはウェイトレスに「コーヒー二つ」と注文してくれる。ウェイトレスとは顔なじみになっていたが、たぶん彼女は、少年の吃音には気づいていないだろう。

ワッチと一緒なら、つっかえる言葉を口にせずにすむ。ワッチがそばにいてくれれば、吃音を笑われることはないし、同情されなくてもすむ。

それはいいことなんだよな、と少年はコーヒーに砂糖とミルクを入れた。ほんとうは、さっき言いかけた「コ」は、紅茶の「コ」だった。でも、そんなのはどうでもいいんだよな、とレモンの酸味を思い浮かべながら、コーヒーを啜《すす》る。

ワッチはテーブルに頬づえをついて、にこにこ微笑《ほほえ》みながら少年を見つめる。

「二次試験が終わったら、うちの下宿に招待してあげるけん、遊びに来て」

少年は黙ってコーヒーのカップをテーブルに戻した。砂糖とミルクをたっぷり入れた甘いコーヒーが、最近は昔ほど好きではなくなった。なにも入れないままで飲むほうが美味《うま》いんだろうなということは、なんとなくわかる。けれど、苦いコーヒーを飲んでみる勇気が、いまは、まだ、ない。

勇気——は大げさだろうか。別の場所でつかわなければならない言葉なのだろうか。

それも、なんとなく、わかるのだけど。


市内でいちばん大きな書店で、Y大とW大の入学願書を買った。W大は予定どおり文学部と教育学部。Y大は教育学部。夕食を終えると二階の自分の部屋にこもって、合計三通の願書に必要事項を記入して、カルタの取り札のように床に広げた。

階段の下から、母親が「家の話するけん、降りてこん?」と声をかけてきた。勉強を理由に断った。居間のコタツには、この部屋と同じように紙が何枚も広げられているはずだ。家を買うことになっていた。母親が、どうしても欲しいと言いだしたのだ。建売の安いやつでかまわないから、とにかく気兼ねなく釘《くぎ》が打てて、カレンダーの貼《は》り跡を気にせずにすむ、自分たちの家が欲しい。

中学と高校の六年間、この町で過ごした。母親は、もう引っ越しはごめんだ、と言う。なつみも四月から高校に入る。転校は絶対にしない、と言い張っている。家を買えば、これからもずっと同じ町で暮らすことができる。

父親も、家を買うことには賛成した。田舎のおじいちゃんとおばあちゃんを説得するのは大変だったらしいが、「まあ、先のことは先のことじゃ」と笑う。

六年間で父親は何度も転勤の話を断って、そのたびに出世のチャンスを見送ってきた。でも、今度もし異動があったら話を受ける、と言う。

「わしも仕事でもうひとふんばりせんといけんし、単身赴任になっても、きよしがお母ちゃんらと一緒におるんじゃったら、安心じゃ」

つい何日か前、父親はそう言っていた。「のう？」と話を振られたときには、どう応《こた》えていいか困った。でも、母親が「きよしも下宿してええよ、そのほうがごはんや洗濯の手間もかからんけんね」と言うと、それがはなから冗談の顔と声だったから、もっと困ってしまった。

東京に行きたい。

願書を見つめて、低くつぶやいた。「ト」が、つっかえる。いつもだ。何度深呼吸しても必ずしくじる。同じ「ト」で始まる「戸棚」や「とんぼ」や「時計」を口にするときより、喉《のど》がさらにきつく、よじられるようにすぼまってしまう。

東京に行かせてください——また、「ト」がだめだった。「ク」でもつっかえた。

キャンディーポットみたいだ、といつも思う。色とりどりのキャンディーの詰まったガラス容器のように、心のどこかに、言葉がたくさん入った場所がある。なにかをしゃべるというのは、ポットの中からキャンディーを取り出すのと同じだ。

欲しいキャンディーは、ある。確かに、ここに、見えている。けれど、それをつまむのが怖くて、いつも手に取りやすいキャンディーを選んでしまう。

これからも——?

ずっと、一生——?

東京に行きたい。Y大に受かっても、W大に行きたい。Y大もW大もだめなときには、一浪して、今度は最初からW大一本に絞りたい。「なぜ?」と訊《き》かれても、うまく説明する自信はない。「どもるのに、なんで学校の先生になりたいんか」と訊かれても、きちんと筋道立てては答えられないように。

でも、欲しいキャンディーは、これだ。これだけ、だ。

少年はY大の願書を広げて両手で持った。息を大きく吸って、唇を結び、真ん中から一気に引き裂いた。

次の日、朝早く家を出る父親に合わせて、まだ夜の明けないうちに布団《ふとん》から出た。「どないしたん?」と驚く母親にかまわず、ネクタイを締めていた父親に「駅まで送ってほしいんやけど……」と声をかけた。

「えらい早いんじゃのう」

父親も怪訝《けげん》そうに言ったが、少年を振り向いて目が合うと、小さくうなずいて、顔の向きを元に戻した。

「すぐ出るけん、支度しとけ」

「うん……」

洗面所の鏡の前に立つと、目が赤く充血していることに気づいた。目の下には浅黒い隈《くま》もできていた。顎《あご》に、ゆうべまではなかった大きなニキビが一つ。歯磨きの途中で急に胸がむかむかして、洗面台に吐こうとしたが、なにも出てこなかった。

父親はふだんより少し早く、七時前にガレージに出て、車のエンジンをかけた。冷え込んだ朝だ。霜がおりていた。朝陽がようやくのぼる。本州の西端に近いせいで、この町は東京よりも夜明けが一時間以上遅い。新幹線で六時間余り、距離でいうなら約九百キロ。東京はほんとうに遠い町なんだ、と思う。

少年は助手席に座って、鞄《かばん》を胸と膝《ひざ》で抱いた。駅までは五分。短い時間でどこまで自分の気持ちを説明できるかはわからない。ただ、居間で向き合うより、運転席と助手席に並んでいたほうが、きっと話しやすい。

車が走りだすと、父親はすぐに言った。

「なんか相談事でもあるんか」

少年は前をじっと見つめ、「Y大に行きとうない」と言った。

父親は「なしてや」と訊いた。驚いた声だったが、あわてたり戸惑ったりはしていなかった。

「ようわからんけど……なんも知らん町で、一人で、やってみたい。W大やったら奨学金がもらえるし、育英会の奨学金もあるし、アルバイトするけん……」

「金のことはええ、そげなこと心配せんでもええんじゃ」

叱《しか》るようにぴしゃりと言った父親は、いつも右に曲がる交差点をまっすぐに進んだ。

遠回りの道を、選んでくれた。

「大阪や博多じゃ、いけんのか」

「……うん」

「先生になるんじゃったら、Y大のほうが地元じゃけん、よかろうが」

「W大でも……先生の免許、もらえるけん」

「ほいでも、先生かぁ……だいじょうぶなんか？　学校の先生は、朝から晩までしゃべらんといけんのど」

少年は前を向いたまま、黙って小さくうなずいた。自信はない。でも、子どもたちになにかを、教える――というより伝える仕事は、とても素敵だと思う。少なくとも、お金を儲《もう》けるために誰かと話をするよりも、ずっと。

「まあ、でも」父親は言った。「きよしはぎょうさん転校してきたけん、いろんな先生にも会うたし、いろんな町の、いろんな友だちにも会うてきたんじゃけん、意外とええ先生になれるかもしれん」

ちょっと照れくさくなって、そんなことないよ、と言いかけたら、その前に父親は少し強い口調でつづけた。

「でもな、自分の思うとることをちゃんと言えんうちは、先生には絶対になれん思うけどの、お父ちゃんは」

「……うん」

「東京、ほんまに行きたいんか？」

　少年は顔を上げた。息を深く吸い込んで、言った。

「先生にはなれんかもしれんけど……なりたいけん……一人で、とっ、とっ、とっ、とっ……とととととっ、とっ、とっ……」

　父親はなにも言わない。黙ってハンドルを握り、アクセルを踏むだけだった。

「……東京に、行きたい」

　やっと言えた。肩で息をつくほど苦しかった。額の生え際《ぎわ》にじっとりと汗がにじんでいるのもわかった。

　父親は「えらい派手にどもったのう」と苦笑して、次の交差点で右折した。駅までまっすぐに延びる広い道に出た。こっちのほうが意外と近道だったのかな、と気づいた。

「東京に行ったら、お父ちゃんもお母ちゃんも、きよしのこと助けてやれんど。いまみたいにどもっても、ちゃんと言えるまで、誰も代わりに言うてくれん。笑う者もおるし、待ってくれん者もおる、誰もおまえの話やら聞いてくれんかもしれん……それでもええんか」

　少年がうなずくのを確かめると、父親は車のスピードを上げた。

「お母ちゃん、怒って、泣くわい。しばらく機嫌が悪いけん、気ぃつけんといけん」

「うん……」

「まあ、これでお父ちゃん、単身赴任せんでもすむかもしれん」

笑いながら言ってくれた。


父親の言葉どおり、母親は怒って、泣いて、一週間ほど機嫌が悪かった。

でも、建売住宅を買う話はキャンセルにはしなかった。

「きよしが夏休みや正月に東京から帰ってくるとき、なんも知らん町やったら、家に帰ってきた気がせんやろ」

父親が単身赴任するというのも、けっきょく変わらなかった。今度異動の話があったら、四人家族はほとんどばらばらになってしまう。それでも、父親は「いままで、家族みんなでくっついて引っ越してくれたんじゃけえ、ようやってくれたよ」と間取り図を見ながら、嚙《か》みしめるように言う。みんなで新しい家の話をしていたはずなのに、いつのまにか、昔住んでいた町や家の話になってしまうことも、ときどきある。

「もっと、ずーっと先になってからのことのほうが大切なんよ」

母親は言う。おとなになったあと、年に一度でもいい、帰る家がないのは、とても寂しい。懐《なつ》かしいと思う町や、古い友だちに会える町を持っていないおとなは、とても、とても、寂しい。「これでふるさとができたんじゃけん」と母親は笑って、「せっかくふるさとができても、すぐに出ていってしまう者もおるけどな」——少年を軽くにらむ。

　二月に入ってほどなく、母親は古びたガリ版刷りの冊子を戸棚の奥から出してきた。小学三年生の夏に通った吃音《きつおん》矯正のサマーセミナーで使ったテキストだった。

「受験勉強の合間に、発音の練習しといたほうがええん違う？　あんたは環境が変わると、言葉がぎょうさんつっかえてしまうんやから」

「……わかった」

「まあ、ほんまにキツかったら、いつでも帰ってくればええけんね」

　そんなことを言ったすぐあとで、「東京まで行ってはみたけど、やっぱり家が恋しいけん帰ってきました、なんて言うたら……ほんまにお母ちゃん、怒るけんね」とも言う。

　どちらの言葉を口にするときにも、目の前に少年がいるのにそっぽを向いていたことは、同じだった。

　届いたばかりのW大の受験票を、少年は図書館でワッチに見せた。

ワッチはただ受験するだけだと思って「予行練習にしては壁が高いん違う？」と笑っていたが、W大が第一志望なんだと少年がつづけると、見る間に顔をこわばらせた。

「Y大は？」

「……受かっても、行かんことにしたけん、最初から受けけん」

ワッチはこわばった顔のまま、まわりの静けさから逃げるように少年の手を引っ張って、いつもの喫茶店に入った。

「ねえ、ほんまに東京に行くん？　それ、ほんまのほんまの話？　なんで？　なんで東京に行かんといけんのん」

「……理由とか、そういうんは、わからん。ほいでも、行きたいんよ」

「春休みに遊びに行けばええやん」

「そんなのじゃない」

「じゃあ、なんなん？　うち、わけがわからんわぁ」

いつものウェイトレスが注文を取りに来た。コーヒー二つ——と言いかけたワッチを制し、小さく息を吸って、少年は言う。

「こっ、こっ、こっ……紅茶、俺」

ウェイトレスは驚いて、不意に故障した機械を見るように、少年を見た。

ワッチもそのまなざしに気づいて、身を縮めた。少年は目を伏せない。「レモンにしてください」とつづけた。背中がひきつるようにこわばっていたが、これからはもう、勘が鋭くて優しい通訳はいないのだ。

「コーヒーとレモンティーですね」とウェイトレスは復唱した。そうか、「レモンティー」だったらつっかえずにすんだんだな、と気づいた。いや、でも、「レモン」と「ティー」の間で息がひっかかったら「テ」でつっかえてしまうんだから、と思い直して、世の中には言い換えの効かない言葉だってたくさんあるんだから、とこわばった背中をせいいっぱい伸ばした。

ウェイトレスが立ち去ると、ワッチはテーブルに身を乗り出して「なんで？」とまた訊いた。「うちが通訳してあげるけん、メニューを指で押さえればええんよ、そうしたらすぐに言うてあげるんやけん、わざわざ言えん言葉を言わんでもええんよ……」

「恥ずかしい？」

訊き返すと、ワッチは、違う違う違う違う、と顔の前で手を横に振った。そんなこと思ってるわけない、と少し怒った表情が伝えた。

少年にも最初からわかっていた。答え合わせをしてみたかっただけだ。

「ありがとう」

少年は言った。「ありがとう」の「ア」はつっかえない。それが嬉《うれ》しかった。

「……ほんまに東京に行くん？」

「行く」

「なんかそれ、アホ違う？　ねえ、白石くん、頭おかしいなったん違う？」

意地悪な口調で、泣きだしそうな顔で、ワッチは言う。「白石くんみたいな田舎者が東京に行ってどないするん、方言笑われるよ、みんな笑うよ、白石くんのこと、それでもええん？」とまくしたてて、「アホや、アホや、この子」と半べそで笑う。

コーヒーとレモンティーが来た。砂糖を入れずに紅茶を啜《すす》ると、輪切りにしたレモンの香りが鼻をくすぐった。

「東京には、うちみたいな子おらんよ。絶対におらんよ。通訳してあげられるほど白石くんのこと好きな子、おるわけないよ……」

少年は黙ってうなずいた。濁った音が、上顎と舌の間でつっかえた。

「謝らんでええよ、そんなん、聞きとうないもん」

ワッチは、ぷい、と顔をそむけた。最後の通訳は――勘違いになった。少年が言いたかった言葉は、「ごめん」ではなく「がんばる」だったのだ。

ワッチはそっぽを向いたまま、バッグの中を探った。

「これ、先週日帰りで旅行してきたお土産、もうあげるのやめようか思うたけど、せっかく買うてきたけん、やっぱりあげる」

「なに？」

「お守り。白石くんの言えん神社のお守りやけど、学問の神さまやけん」

太《だ》宰《ざい》府《ふ》天満宮のお守りだった。

「言うてごらん、だ・ざ・い・ふ。言える？　言わんと、あげんよ。ほら、言うてみて、だ・ざ・い・ふ！」

少年は深呼吸した。唇を舌で湿らせ、肩の力を抜いて、言葉の頭にかすかに「ン」をつけるようにして、軽く、気を楽にして……。

「だっ、だっ、だっ、だっ……だっ、だだだっ、だっ、だっ……だだだっ……」

もう誰も助けてくれない。知らない町で、知らないひとたちと、これから生きていく。

ワッチは目を閉じて、言葉がつっかえるトンネルを抜けるのを待った。辛抱強く待ってくれた。

こめかみがひきつって頭がくらくらして、額の生え際に汗がにじんだ。レジのそばに立つウェイトレスは、まだこっちを見ていた。コックも厨房《ちゅうぼう》のカウンターから怪訝《けげん》そうに覗《のぞ》き込んできた。怒ったような困ったような表情を浮かべたコックは、厨房にひっこんだあと、水音を大きくたてて皿を洗いはじめた。

「だっ、だっ、だっ、だっだだだだだっ……だざいふ……」

肩で大きく息をついた。水を一口啜ると、顎《あご》の付け根から冷たさが滲《し》みていった。

ワッチは拍手しながら目を開けた。

「言える言える、白石くん、言えるやん、だいじょうぶやん！」

真っ赤な目で笑った。お守りを、卒業証書のように両手で持って渡してくれた。少年も一礼して、両手でていねいに受け取った。あとで二人で笑おうと思って、そんなお芝居めいたことをしたのに、ワッチは顔を上げた少年から、すっと目をそらした。

「あ、いけーん、うち、本を返すの忘れとった」

つぶやいて席を立ち、「ちょっと待っとってね」と少年を見ずに言って、バッグを提げて小走りに喫茶店を出て、店の前で一度だけ少年を振り向いて……それっきり、だった。

少年は駅へ向かう。

まだつぼみもつけていない駅前通りの桜並木を見るともなく眺めながら、自転車を走らせる。

声に出さずに「東京、東京、東京、東京……」と繰り返した。心の中でつぶやくときには、ほんとうに、悔しいほど言葉はなめらかに出る。それでも、声にして言わなければいけない。他に言い換える言葉はない。

駅の『みどりの窓口』に入った。新幹線の指定券の申込用紙はカウンターにあったが、太宰府天満宮のお守りを握りしめて、まっすぐ窓口に向かった。

無愛想な顔の駅員が、そっけなく「どちらまで？」と訊《き》いた。

少年は背中をピンと伸ばして、深呼吸をした。

ワッチの顔が浮かんだ。笑っていた。父親も、母親も、なつみも、それから懐かしい友だちや学校の先生が、何人も。みんな笑っている。もう会えないひとたちも、会えないから、みんな笑顔だ。

そして、きよしこ――ひさしぶり、だった。ほんとうに、ずっと、ずうっと、会いたかったのに。なんだ、ここにいたんだな、君は。

「どちらまで？」と駅員が不機嫌そうにうながした。

少年はもう一度深呼吸をした。

ずっと入りそこねていた縄跳びの輪に跳び込むように、息と声を吐き出した。

少年のお話は、これでおしまいだ。

最後に、きよしこのことを、少しだけ。

少年はおとなになった。学校の先生にはなれなかったが、お話を書く仕事に就いた。『きよしこの夜』の歌詞の正しい意味も知り、悲しい思い出の顔ぶれもすっかり入れ替わった。

少しずつうまくしゃべれるようになった。言葉がつっかえても、まあいいじゃないか、と笑ってごまかす図々《ずうずう》しさも身につけた。

でも、いまも、きよしこのことは忘れていない。

だから、「同じことばかり書いている」といろんなひとにからかわれながら、同じことばかり——きよしこから教わったことばかり、書いている。

＊

少年は、君と似ていただろうか。ぼくは、君になにかを伝えられただろうか。

いつか——いつでもいい、いつか、君の話も聞かせてくれないか。

うつむいて、ぼそぼそとした声で話せばいい。ひとの顔をまっすぐに見て話すなんて死ぬほど難しいことだと、ぼくは知っているから。

ゆっくりと話してくれればいい。君の話す最初の言葉がどんなにつっかえても、ぼくはそれを、ぼくの心の扉を叩《たた》くノックの音だと思って、君のお話が始まるのをじっと待つことにするから。

君が話したい相手の心の扉は、ときどき閉まっているかもしれない。でも、鍵《かぎ》は掛かっていない。鍵を掛けられた心なんて、どこにもない。ぼくはきよしこからそう教わって、いまも、そう信じている。

＊

夢があった。

いつか、個人的なお話を書いてみたい。ぼくとよく似た少年のお話を、少年によく似た誰かのもとへ届けて、そばに置いてもらいたい。

ゆっくり読んでくれればいい。難しいことは書いていない。ぼくは数編の小さなお話のなかで、たったひとつのことしか書かなかった。

きよしこは言っていた。

「それがほんとうに伝えたいことだったら……伝わるよ、きっと」

*

本ができあがったら、真っ先に、君に送るつもりだ。

かさばる封筒を郵便受けから取り出して、君はきょとんとするだろうか。薄気味悪く思って、お母さんのもとに駆けていくだろうか。お母さんはぼくのことを、もう怒っていなければいいけれど。

夜どおし降った雨が明け方にあがった、よく晴れた朝に、この本が君のもとに届いたなら、とてもうれしい。

# 解説

あさのあつこ

行きつけの小さな喫茶店の隅で、わたしは『きよしこ』を読み終えた。初読ではない。三度目だ。三度目なのに、話の展開は知り尽くしているはずなのに、気息が乱れる。萌黄色《もえぎいろ》のイスの上で何度か身体《からだ》を動かす。落ち着かないのだ、とても。なんなのだろう、これは……。わたしは、コーヒーを飲み干し、乱れる気息のままに外を見る。『きよしこ』の舞台（の一部）ともなった岡山県の風景がそこにある。わたしの生まれ故郷であり今も生きる地の風景と空気。その中に身を置き、『きよしこ』のことを考えるともなく考える。

『きよしこ』は物静かな作品だ。吃音《きつおん》の少年が少年と呼ばれる時期をどう生きたかが、淡々と実に淡々と書き綴《つづ》られているだけなのだ。凄《すさ》まじい戦いがあるわけではない、殺人があるわけではない、華やかな恋愛騒動も深まる謎《なぞ》もない。英雄譚《たん》でもピカレスク小説でもない。強いて言えば人間の物語なのだと思う（うわっ、なんて陳腐な言い方だ。自分に赤面。だけど、真実の意味において人間の物語と言う以外、他にどんな言い方ができるでしょうか。ああ、だけどやっぱり違うよなあ。人間とかそんな曖昧《あいまい》な概念じゃなくて……なくて……きよしくんの物語なんだろうか）

そうだと、わたしは胸を押さえる。とくとくと規則正しい鼓動だ。そうか、これだったんだ。

『きよしこ』は、誰のものでもない、ただ一人、白石きよしの物語なのだ。それは、むろん吃音というハンディキャップを彼がどう克服したかという過程を克明に記したものではなく、彼の寂しさややりきれなさを慰めた「きよしこ」という存在を描いたものでもなく、リアルにとてもリアルにきよしの内と外を捉《とら》えた……たった一人の少年のたった一つの物語。

読んでいる中途から、胸の騒ぎを覚えていた。ざわざわと不安げに騒ぐのではない、どこか甘く心地よく、心の奥底が微熱をもっているような奇妙なざわめきが鳴り止まなくて、正直、困った。これは何だと自問して、答えがわからず、ため息一つついて誤魔化してみた。今、気がついた。これは、トキメキだ。とくとくではなく、とっとっとっと早いリズムで心臓が動き、口の中がちょっと乾く感じ。それは、きよしが中学二年生のころ、ゲルマという渾名《あだな》の少年と関わりを持ち始めたころから始まり、まだつぼみもつけていない駅前通りの桜並木の下を自転車で走り、駅に向かうまで続いた。トキメキなのだ。わたしはきよしに心をときめかせ、片想いの女子高校生みたいな気分になり、おいおい、おまえ幾つだよと恥ずかしくなり、誰に見咎《みとが》められたわけでもないのに頬のあたりを両手で覆《おお》ったりしていた。

なんて、かっこいい少年なんだ。つくづくそう感じ入り、中学で野球を始め、のめり込み、チームメイト（他者）とさまざまに交わり、絡《から》み、時に反目し、自分とぶつかり、庭で一心に素振りを繰り返すあたりで、涙ぐんでしまった。かっこいい少年に出会うと、なぜか涙腺《るいせん》の弛《ゆる》む癖が、わたしにはある。難病ものにも悲恋ものにも乾いたままの眼球が、一度、かっこいい少年に出会ってしまうと、いとも簡単に潤《うる》んでしまう。眼も心もひきつけられる。魅せられてしまう。子どもたちが成人してしまった今、現実で、かっこいい少年に出会う機会はめっきり減ってしまった。だけど、本の中なら幾らでも……いや、本の中でさえ、めったに出会えるものじゃない。かっこよく書いたものはある。かっこいい少年が主人公のものもある。だけど、それはそれ風に書かれているだけで、あくまでそれ風にすぎない。リアルじゃない。生々しくない。少年の確かな存在を通して、かっこよさを浮き彫りにしてくれない。二次元のかっこよさに過ぎないのだ。『きよしこ』のきよしは違う。体温と肉体と精神と、恥辱と卑下と惑いと、自尊と矜持《きょうじ》と誠意を持って、彼は屹立《きつりつ》する。吃音があり、そこそこに頭がよく、野球が好きで、でも突出するほど上手《うま》くない。さほど、上背がある方ではないだろうし、道行く人が振り返るほどの美形でもないだろう。

だけど、堪《たま》んないぐらいかっこいい。きよしの生身のかっこよさが、ぐいぐい迫ってくる。そして、わたしは涙ぐんだりしてしまう。

きよしと離れがたく、友人と待ち合わせした喫茶店に彼を同伴し、いつもは〝世界標準〟と渾名されるほど時間に正確な友人が、何故《なぜ》か大幅に遅刻してくれたのをいいことに、喫茶店の片隅で少年との三度目の逢瀬《おうせ》を楽しんだ。彼の物語に沈み込み、ゲルマ、交差点、東京の章を手で撫《な》ぜ、お手拭《てふき》で目頭を押さえる。

「きよしこ」が初めて、きよしの元にやってきたのは、きよしが小学校一年生のときだ。このあたりは、完全に母の心になって読んでいる。ああ健気《けなげ》だ、ああ不憫《ふびん》だと思いつつ、一読した。一応、三人の子育てを経てきた身には、きよしが健気で不憫で愛《いと》しい。しかし、二読目、その感覚は微妙に変化する。健気？　不憫？　とんでもない。きよしは、すでに自分の闘いを始めている。とっくに始めている。他者からの同情や憐憫《れんびん》を盾とはせず、ただ一人、もたもたと不器用に不細工に素手の闘いを始めている。

「きよしこ」は、この後、ぷつりと姿を消すのだ。それはもう見事なほど消えてしまう。きよしは一人だ。ただ一人取り残され、否応《いやおう》なく自分の現実と向かい合う。長い闘いへと一歩、自分の足のみで踏み出していく。

そのように闘えと、作者はきよしに命じたのだろうか。人が人に支えられることはある。励まされることもある。救ってもらうこともある。だけど、それは自分の闘いを誰かが肩代わりしてくれることじゃない。一人、不器用に、不細工に、おまえは闘うのだと、命じたのだろうか。命じたのだろう、それしかないのだと。祈りのように命じたのだ。

「きよしこ」が現れるのは、十数年後、きよしが少年と呼ばれる時期を抜けようとしているころだ。その十数年の間に、きよしは、幾度も転校を繰り返し、多彩な人々と出会い、別れ、どんぐりを拾い、海まで自転車で走り、六年三組の「お別れ会」の台本を書き、大きくなっていく。「きよしこ」は出てこない。きよしが、どんなに辛《つら》くても、惨《みじ》めでも、寂しくても、出てこない。きよしの辛さも、惨めさも、寂しさも、きよし自身のものだ。作者は、きよし自身の辛さを惨めさを寂しさを決して他者に渡さない。他者と分かち合い、きよしの荷を軽くし、晴れやかに笑うことを許さない。自分の闘いは、自分のものでしかないのだ。誰も替わることなどできない。それを骨の髄まで知っている者の、鮮やかな残酷と哲学。人は結局、独《ひと》りさ、という甘ったるい開き直りとも、この世は生きていくのに値しないという薄っぺらな諦念《ていねん》とも明らかに異質な、肉体も精神も透けていくような孤独を作者はきよしに伝え、きよしは生身で、全身で、それらを受け取った。小学校一年生、まだ六歳。

なんて、かっこいいんだ。

そして、さらに自分の思いに浸る。重松清の作品群と少年は似ている。とても、似ている。

どちらも一見、単純で分かりやすく、易々《やすやす》と色分けできそうで、一定の範疇《はんちゅう》に囲い込めそうな気がする。例えば子ども、例えば中高校生、例えばエンターテインメント、例えば成長小説。だけど違う。

少年も重松作品も他者の言葉で解され、括《くく》られ、意味づけられることを拒否する。ありふれた陳腐な物差しからはみ出し、零《こぼ》れ落ち、あんたたちって何でそんなはかり方しかできないんだよと、身を捩《よじ》る。

きらびやかでもなく、洗練もされていない不器用で真摯《しんし》な、だからこそ本物のかっこよさがある。

かっこいいんだ、ほんとうに……。

「あさの。ごめんな」

友人が飛び込んでくる。膝《ひざ》に包帯を巻いている。

「玄関とこでな、足が滑ってなあ。ストッキングは破れるし、擦りむくしで大事じゃったんじゃ。何度かケータイしたんじゃけど、あんた、ちっとも出りゃへんし、何をしよったんよ」

友人はふいに黙り込み、潤んだわたしの両眼と『きよしこ』を交互に見やる。首をかしげ、顎《あご》をわずかに引く。そして

「そんなに、すてきな本なん？」

と、少し落ち着いた声で尋ねた。さあ、どう答えよう。白石きよしのことを、『きよしこ』という一冊の本のことを、わたしはわたしの言葉でどう伝えることができるだろうか。

「あのな」

『きよしこ』を膝の上におき、わたしはゆっくりと身を乗り出す。

（平成十七年五月、作家）

この作品は平成十四年十一月新潮社より刊行された。

重松 清著
舞姫通信
教えてほしいんです。私たちは、生きてなくちゃいけないんですか？ 僕はその問いに答えられなかった——。教師と生徒と死の物語。

重松 清著
見張り塔から ずっと
3組の夫婦、3つの苦悩の果てに光は射すのか？ 現代という街で、道に迷った私たち。新・山本周五郎賞受賞作家の家族小説集。

重松 清著
ナイフ
坪田譲治文学賞受賞
ある日突然、クラスメイト全員が敵になる。私たちは、そんな世界に生を受けた——。五つの家族は、いじめとのたたかいを開始する。

重松 清著
日曜日の夕刊
日常のささやかな出来事を通して蘇る、忘れかけていた大切な感情。家族、恋人、友人——、ある町の12の風景を描いた、珠玉の短編集。

重松 清著
ビタミンF
直木賞受賞
もう一度、がんばってみるか——。人生の〝中途半端〟な時期に差し掛かった人たちへ贈るエール。心に効くビタミンです。

重松 清著
エイジ
山本周五郎賞受賞
14歳、中学生——ぼくは「少年A」とどこまで「同じ」で「違う」んだろう。揺れる思いを抱き成長する少年エイジのリアルな日常。

恩田陸著

**球形の季節**

奇妙な噂が広まり、金平糖のおまじないが流行り、女子高生が消えた。いま確かに何かが大きく変わろうとしていた。学園モダンホラー。

恩田陸著

**六番目の小夜子**

ツムラサヨコ。奇妙なゲームが受け継がれる高校に、謎めいた生徒が転校してきた。青春のきらめきを放つ、伝説のモダン・ホラー。

恩田陸著

**不安な童話**

遠い昔、海辺で起きた惨劇。私を襲う他人の記憶は、果たして殺された彼女のものなのか。知らなければよかった現実、新たな悲劇。

恩田陸著

**ライオンハート**

17世紀のロンドン、19世紀のシェルブール、20世紀のパナマ、フロリダ……。時空を越えて邂逅する男と女。異色のラブストーリー。

角田光代著

**キッドナップ・ツアー**

産経児童出版文化賞フジテレビ賞
路傍の石文学賞

私はおとうさんにユウカイ(=キッドナップ)された！　だらしなくて情けない父親とクールな女の子ハルの、ひと夏のユウカイ旅行。

角田光代著

**真昼の花**

私はまだ帰らない、帰りたくない——。アジアを漂流するバックパッカーの癒しえぬ孤独を描いた表題作ほか「地上八階の海」を収録。

本上まなみ著
ほんじょの虫干。
大の本好きで知られるほんじょが綴る、自由気ままな本のエッセイ。ギリシア旅行記には写真とイラストがたっぷり。自作の短歌も。

おーなり由子著
天使のみつけかた
会いたい人に偶然会えた時。笑いが止まらない時。それは天使のしわざ。あなたのとなりの天使が見つかる本。絵は全て文庫描下ろし。

銀色夏生著
夕方らせん
困ったときは、遠くを見よう。近くばかりを見ていると、迷うことがあるから——静かにきらめく16のストーリー。初めての物語集。

さくらももこ著
さくらえび
父ヒロシに幼い息子、ももこのすっとこどっこいな日常のオールスターが勢揃い！　奇跡の爆笑雑誌「富士山」からの粒よりエッセイ。

篠田節子ほか著
恋する男たち
小池真理子、唯川恵、松尾由美、湯本香樹実、森まゆみ等、女性作家六人が織なす男たちのラブストーリーズ、様々な恋のかたち。

江國香織ほか著
いじめの時間
心に傷を負い、魂が壊される。そんなぼくらにも希望の光が見つかるの？　「いじめ」に翻弄される子どもたちを描いた異色短篇集。

# きよしこ

新潮文庫　し-43-7

平成十七年七月一日発行
平成十九年三月二十日十刷

著者　重《しげ》松《まつ》清《きよし》

発行者　佐藤隆信

発行所　株式会社 新潮社
郵便番号　一六二―八七一一
東京都新宿区矢来町七一
電話 編集部(〇三)三二六六―五四四〇
読者係(〇三)三二六六―五一一一
http://www.shinchosha.co.jp

価格はカバーに表示してあります。

乱丁・落丁本は、ご面倒ですが小社読者係宛ご送付ください。送料小社負担にてお取替えいたします。

印刷・株式会社精興社　製本・株式会社大進堂

ISBN978-4-10-134917-6 C0193